龚明德 著

文事叙旧

四川文艺出版社

图书在版编目（CIP）数据

文事叙旧 / 龚明德著. — 成都：四川文艺出版社，2023.1
ISBN 978-7-5411-6534-4

Ⅰ.①文… Ⅱ.①龚… Ⅲ.①中国文学—现代文学—文学研究②中国文学—当代文学—文学研究 Ⅳ.①I206.6

中国版本图书馆CIP数据核字（2022）第223508号

WENSHI XUJIU

文事叙旧

龚明德 著

出 品 人	谭清洁
责任编辑	谢雨环 周 轶
封面设计	魏晓衕
责任校对	段 敏
责任印制	崔 娜

出版发行	四川文艺出版社（成都市锦江区三色路238号）
网　　址	www.scwys.com
电　　话	028-86361802（发行部）　028-86361781（编辑部）
排　　版	四川最近文化传播有限公司
印　　刷	成都东江印务有限公司
成品尺寸	125mm×185mm　　　开　本　32开
印　　张	10.25　　　　　　　　字　数　170千
版　　次	2023年1月第一版　　　印　次　2023年1月第一次印刷
书　　号	ISBN 978-7-5411-6534-4
定　　价	58.00元

版权所有·侵权必究。如有质量问题，请与出版社联系更换。028-86361795

序

明德是我老哥矣！平时虽联系不密，但只要想起，就是美好记忆。

一九九五年，为写一册关于西南联大的小书，我到昆明查资料。那时太原到昆明还不方便，得先到成都再转过去，我即想到了明德兄。那次我先到明德家里，住了三四天，他在当地有关系，一直把我送上卧铺车厢，想是他特意关照过，车上还给我送了一份便餐，至今想来依然温暖。

那时明德在四川文艺出版社当编辑，我去了他工作的地方，还认识了木斧前辈、云飞兄。我们一起逛过旧书肆。当时成都有一家名为陶然居的旧书铺，专门售卖古籍，老板姓蒋，给我留下很深印象。此次成都之行，我见识了明德在玉林北街家中的新文学书籍，大开眼界，虽然看得不是很仔细，但对他老兄用心保护新文学书籍的苦心,算是有了大概了解。

明德长我近十岁,在我这一辈吃新文学饭的人里,出道较早,最有资历,也最有成绩。上海子善兄,较明德略长,参加过《鲁迅全集》的编纂工作,这个资历,如今可谓元老级了。子善兄也是学者兼藏家,姜德明先生之后,明德和子善兄,可谓新文学研究界掌故派的老大了。有趣的是二位都没有什么骄人的学历,完全是热爱这个行当,一生坚持下来,有多少风光的教授,退休之日即偃旗息鼓,而这两位老兄悬车之年,依然冲杀疆场。

说他们是新文学的掌故派,不一定准确,只是为便于表达和记忆,也有人说他们是史料或书话派,总之与正统学院派不同,他们是中国传统笔记写作的现代余绪,他们研究新文学的著作,今后会以掌故或笔记体文献,永存世间。早期新文学研究的正途即是学者藏家合二为一,掌故笔记是基本文体,如阿英、赵景深、唐弢、姜德明他们,后来新文学进入大学讲堂,研究方法也发生了变化,文体转向西式论文格式,轻史料重议论了,史料越来越少,文章却越写越长。明德兄后来也进了大学,但他的治学方法没有丝毫改变,依然是史料先行,文献优先,问题无论大小,均由文献发现问题,再由史料解决,言必有据,不发蹈空之论;他的文章,无论长短,都经得起时间考验。史料之外,明德兄也颇讲究文体,他用掌故笔记体写新文学研究文章,为学术研究保存了旺盛的生命力。

明德兄将出新书,我用这几句话,纪念我们三十余年的友谊,也愿明德兄坚持认定的治学方向,勇往直前!

谢 泳

二〇二二年三月五日于厦门

目录

胡适与陶孟和一家	1
胡适赞吴虞"打孔家店"	5
章衣萍慧识刘半农名诗	9
鲁迅许广平与"一个女读者"	12
朱湘一封集外长信	16
郁达夫重托李孤帆	24
老舍应为老金	28
朱自清孙福熙与"清华园之菊"	32
高语罕的《牺牲者》	36
徐志摩致郭嗣音一信的年份	39
贺玉波写"鲁迅的孤僻"	44
丁玲出席鲁迅五十寿辰庆祝会?	47
徐志摩致胡适的千字信	50
丽尼的《刊误表》	56
赵景深写新文学"小史"	60
郭译《少年维特之烦恼》一处差错	64
给徐志摩老师送"鲜梨"	69

冰心从不品评同时代作家？	75
觉慧何以"慌忙"？	79
方玮德致陈梦家一信	83
林语堂的一封信	89
"叶绍钧著"疑案未了	93
鲁迅邀二萧到寓吃夜饭	96
老舍《老牛破车》的序初刊何处？	101
郭沫若谈《阿Q正传》	105
《孩子剧团》的"编辑出版"	109
艾青致S的一封信	113
戏剧节史况	117
萧红许广平的战时通信	122
胡适的《双橡园杂记》	126
未曾读通的冰心一信	130
朱君允及其《灯光》	134
曾敏之不服艾芜的"抗辩"	141
《作家笔会》作者之一林拱枢	145
靳以两信的写作月份	149
张恨水的一幅画	153
郭序茅等合译的《高尔基》	157
诗人征军纪念特刊	161

聂绀弩和三个副刊 165
《下棋》中《南部新书》引文 169
五十一岁的朱自清过春节 173
郑常的《记朱自清先生》 177
文协重庆分会三年实况 181
流沙河的笔名 184
重庆的《大众文艺》 189
郭沫若的《"六一"颂》 193
老舍写给巴金的两纸便条 197
中央文学研究所开学典礼 201
六作家"座谈宪法草案"的时间 205
入京十年的"住会作家" 209
杨戴英译《王贵与李香香》中一处high 213
丁玲"谈深入生活" 217
张天翼艾芜沙汀"联合发言" 223
郑振铎写给巴金的便条 226
作家、艺术家"走马观花" 230
"假赵树理"的《友谊之花》 234
沙汀自感会"挨揍"的《假日》 237
庚子除夕郭沫若记事 242
郭沫若老舍与川剧演员"过新年" 247

胡乔木的笔名	251
叶圣陶回复胡山源	255
邓小平对老舍"作出结论"的批示	258
茅盾会见陈幼石	262
流沙河编《三江文艺》	266
应是三件珍品	272
流沙河写《老人与海》	276
徐诗"全编"的署名	282
由人代写的艾芜一序	285
冰心的一封信	289
《七家诗选》的初版	293
三K党成了三个叉	296
流沙河题"戴望舒诗句"	300
代跋（范家进）	305

胡适与陶孟和一家

众所周知的"我的朋友胡适之",被不少同时代人引为知己,同时胡适自己也真是助人为乐地广结善缘,但至今还不见一部全面述说胡适"朋友圈"的专书。如果有这么一部专书,《胡适与陶孟和一家》该是书中一个章节。

与鲁迅同为绍兴人的陶孟和生于一八八七年,比鲁迅还小六岁,是英国伦敦大学经济政治学院经济博士,历任北京大学教授、文学院院长、教务长,曾任中国科学院副院长等职。他一直留在中国大陆工作,直至一九六〇年去世。陶孟和的夫人沈性仁,嘉兴人,发表过小说,有英文译著出版,她比丈夫小八岁。陶孟和与沈性仁的长女乳名小芳,一九一八年出生。

胡适与陶孟和的结识早于一九一九年。一九七九年六月由中华书局印行的三卷本《胡适来往书信选》收录的陶孟和写给胡适的书信就有十多封，最早的一封一九一九年三月十六日写于日本，最晚的写于一九二七年。从这十多封书信看，陶孟和与胡适书信来往双方所谈大都是"公共事务"上的，没有鸡零狗碎的世俗琐事。比如头一封信，就向胡适通报《新青年》在国内的上海、在国外的日本受到的欢迎实况：在沪时，遇到上海商业储蓄银行总经理陈光甫，他"极为称赞，以为《新青年》将有极大势力于吾国之思想，谓每期必读，并力为鼓吹云"；"昨在东京"又遇"在陆军大学"的"革命伟人之一"王勇公君，他"亦盛赞吾人之《新青年》，尝劝其同学购读，并谓中国惟此杂志为有精神"，又遇"小伟人之一"湘人石醉六"亦赞美《新青年》"。陶孟和一九二〇年十二月十四日回复胡适说"《儒林外史》收到"，可见胡适对友人的实际帮助。一九二六年陶孟和有一封写给胡适的信中谈及对《东方民族改造论》这部书的看法，认为除"论优生学五章系译述的以外，其余诸章都是武断的，概括的，极不科学的"，因为"著者没有设法证明他的题目，只不过看了现在中国的情形，模仿优生学的议论，高唱种族灭亡危险罢了"，判定"这实在是一本极幼稚的书"。还对胡适讲"原书仍存此处，用时及时奉上"。不得不承认，胡适的"朋友圈"大多是陶孟和这类雅士，所谓"往来无白丁"也。

没有见到陶孟和的夫人沈性仁与胡适的来往通信，浏览胡适的日记，发现有不少关于沈性仁的内容。如胡适一九二一年五月八日的日记："校读沈性仁女士译的德林克沃特的《亚伯拉罕·林肯》第一幕及第六幕，为加一长注。"次日胡适去清华演讲，下午五点半才乘火车离清华，但回家之后仍"校读《林肯》第二幕，改正甚多"。沈性仁的这本译著，在出版前得到胡适的修订，实在是译者之福和读者之福了，不知沈性仁在这本译著的译者序跋类文字中有无具体说明。

在二〇一三年三月中华书局印行的《朴庐藏珍》读到胡适一九二九年三月二日写给"小芳"的书信。这个"小芳"，在徐志摩书信中也出现过，就是徐志摩操办他与陆小曼婚礼时急着提前邀约来陪"小琴、笃儿们"玩耍的那个"小芳"。"小琴、笃儿们"是陆小曼的侄女侄儿等。"小芳"即陶孟和与沈性仁的长女陶维正，乳名"小芳"源自沈性仁的本名"沈景芳"。

胡适写给小芳的信是手迹，很爽眼的竖写无格小笺上六行文字，开头就是"小芳：我到家了，家里的人都想念你"，接下来是对不满十岁的小女孩的关怀："你是很好的孩子，不怕没有进步，但不可太用功。要多走路，多玩玩，身体好，进步更快。你有空时，望写信给我，随便你说什么，我都爱看。"最后是"请你代我问爹爹妈妈的好，并问妹妹弟弟的好"。这时陶孟和夫妇已有三个孩子，老大是长女陶维正、老二是次女陶维大、老三是幼子陶渝生。

胡适给陶维正即"小芳"的书信有准确的年月日写作时间，一查他的日记，他这年一月十九日到北京，在北京住了三十六天，"在叔永家住了三星期，在在君家住两星期，天天受许多朋友的优待，吃了一百几十顿酒饭，见了无数熟人"。这一年，胡适三十八岁，正是一个男人最好的时光，胡适是不少人的朋友，不少人也是胡适的朋友。

胡适赞吴虞"打孔家店"

　　四川人民出版社一九八五年三月印行的《吴虞集》，卷首有该书编者赵清和郑城联名写的"前言"，其第二部分末尾部分有"五四时期在四川站在斗争前列与遗老们直接交锋对垒的，正是在成都几个学校任教的'只手打孔家店'的老英雄吴虞"。引述的《吴虞集》的"前言"文句中，打了引号的"只手打孔家店"，没有注文来指明这六字断语的出处。

　　但凡受过中国现代文学史训练的读者，应该都熟悉这"只手打孔家店"的典故。然而去查无论哪部《中国现代文学史》或这一类的著述、文章，这"只手打孔家店"几乎全被讹为"只手打倒孔家店"。像《吴虞集》编者的"前言"中只用引号引住"只手打孔家店"而把"的老英雄"放在引号外的，极少见到。一位还算严谨的作者出版了一部《吴虞和他生活的民国时代》，在引语标符上也是糊涂的。

这个对吴虞的赞语"'只手打孔家店'的老英雄",出自胡适两千字的《〈吴虞文录〉序》。该文分两次发表于一九二一年六月二十日第五版和次日第七版的《晨报》。在该文最末一段,也只一句:"我给各位中国少年介绍这位'四川省只手打孔家店'的老英雄——吴又陵先生!"吴又陵即吴虞。吴虞字又陵,有时他也写作幼陵。胡适说吴虞是"老英雄",其实一九二一年吴虞才四十九岁。胡适比吴虞年幼十九岁,是晚辈。三十岁的胡适给四十九岁的吴虞的书写序,不仅平起平坐,而且有高屋建瓴的气派,也是那个时代的好风尚。

查吴虞日记,胡适《〈吴虞文录〉序》一发表完,吴虞赶紧"买《晨报》四张,钱二百文,将所登胡适之《〈吴虞文录〉序》裁下,寄余啸风、汪原放",自然是认可胡适序文论断的意思。其实更早,胡适写完此序的次日即一九二一年六月十七日,吴虞在日记上已记下了"十一时,胡适之来,交还《文录》一本,为予作《〈吴虞文录〉序》,谓予为'中国思想界之清道夫'"。查胡适日记,这一天有"去看吴又陵先生(西老胡同21),谈了一会"的载录,可与吴虞日记相互参证。

然而估计吴虞和胡适都没有想到，胡适的序文发表和《吴虞文录》出版三年后，一九二四年四月二十九日的《晨报副刊》发表了署名XY的《孔家店里的老伙计》，对胡适三年前赞赏的吴虞和《吴虞文录》进行全方位的攻击。该文认为吴虞不配称"打孔家店的老英雄"，而是"孔家店里的老伙计"，XY的具体指证是："至于冒牌的孔家店里的货物，真是光怪陆离，什么都有。例如古文、骈文、八股、试帖、扶乩、求仙、狎优、狎娼，……三天三夜也数说不尽。自己做儿子的时候，想打老子，便来主张毁弃礼教，一旦自己做了老子，又来剥夺儿子的自由了，便又来阴护礼教。"

吴虞立即于该期《晨报副刊》出版的当日写了长信《致〈晨报〉记者》，逐条反驳XY的指控，吴虞的书信体反驳文章发表在一九二四年五月二日《晨报副刊》。反驳文章开头的第一条，就是从来就没有接受过三年前胡适"四川省'只手打孔家店'的老英雄"这个冠呼："我的《文录》……来京时友人为录成一册，胡适之先生为撰序，介绍付印。时适之先生阅《水浒》，故有打孔家店之戏言。其实我并未尝自居于打孔家店者，浅陋昏乱，我原不必辞。不过蔡子民、陈独秀、胡适之、吴稚晖他们称许我皆谬矣。"

一九九四年十二月黄山书社影印的《胡适遗稿及秘藏书信》第十五卷收有《〈吴虞文录〉序》的手稿，"老英雄"原为"老将"，"四川省"在引号内，还有"中国少年"的"中国"是后来补加的。但其后几乎所有引述胡适此语的都弄错了，胡适赞吴虞为"'四川省只手打孔家店'的老英雄"，该记住："四川省"这个地域名词限定语不能丢掉、是"打"不是"打倒"。以胡适的科研立场，他肯定知道"孔家店"是打不倒的，他更清楚与"四川省只手打孔家店"的吴虞同时的全国各地和京城"打孔家店"的都实有人在。

章衣萍慧识刘半农名诗

刘半农留学伦敦时，于一九二〇年九月四日写了一首二十行均分为四节的新诗，题曰《情歌》。该诗发表后，被选用者将其中一行诗句易题《教我如何不想她》作为这首诗歌的传世题目，并由赵元任根据原诗作配谱了曲调。由于诗作原句的韵律与音乐节拍的美妙融合，使这首《教我如何不想她》很快唱响于中华大地，至今仍然是不少高层次音乐会上著名美声高音歌唱家的必选歌唱曲目。

然而，不知是有意的回避还是无意的疏漏，刘半农的这首新诗名篇的发表情况，却一直被遮蔽了近百年！其实，该诗最早以《情歌》初刊一九二三年九月十六日《晨报副刊》第四版时，诗后有一则一百一二十字的跋文，全录如下：

这首诗，是死友SY君六个月前抄给我看的。

（他是从刘复先生给他叔叔的信里抄来的。）这诗的格调意境，在新诗界为不可多得的作品。我自失恋以来，几乎没有一日不背诵他。现在特地抄出来发表，介绍给国内的失恋青年，我想远在异邦的刘先生，或者不至于见怪罢。

九，十二晚，洪熙记。

这则短跋的作者"洪熙"，就是章衣萍。稍前，有一首也署名"洪熙"的新诗《途中的悲哀》发表于一九二二年十一月五日《努力周报》，此诗收入章衣萍的诗集《深誓》。《深誓》一九二五年七月由北新书局初版，足证"洪熙"就是章衣萍。章衣萍的本名，即章洪熙。早期的章衣萍用"章洪熙"这个本名发表了不少文章，如在鲁迅编辑的《语丝》和孙伏园主编的《晨报副刊》等处所发作品大多使用这个名字。

短跋中的史实，细节也与章衣萍彼时的经历完全吻合。

当年章衣萍就在胡适家中做秘书工作，替胡适抄其祖父的诗稿，顺便辅导胡适的侄儿胡思永的功课。其实，胡适给章衣萍安上一个秘书头衔以及让他为自己的侄儿做家庭教师，都是让这个尚未成大名的青年有个取得胡适私人资助的名目而已，等于在无偿帮助章衣萍的生活和自修费用。好在章衣萍深知这一点，除了天分所在，他也勤奋努力，成为中国现代文学第一个十年中胡适文人圈内对五四新文学建设颇具建树的一位，而并非如鲁迅某些过激语言对章衣萍的指责那样。

章衣萍短跋中的"死友SY君"就是胡思永，"他叔叔"就指胡适。短跋中的这个内容，把刘半农该首名诗最初传播的相关史实说得一清二楚，——刘半农写信给胡适，信中全文抄录了他刚写出的这首诗；胡适收到刘半农的信后又被侄儿胡思永看到了，胡思永把全诗抄了下来又拿给章衣萍看；章衣萍读了后，觉得"这诗的格调意境，在新诗界为不可多得的作品"，于是"特地抄出来"交给《晨报副刊》发表。

至于刘半农这首后来被易题为《教我如何不想她》的《情歌》，是不是如为其谱曲者赵元任后来讲的，说诗中的"她"其实"代表当年赵元任和刘半农在国外时日夜思念的祖国"，那是另一个范畴的研究课题。此诗公开发表近百年后的今天，如果再不把章衣萍慧眼识珠果决抄出交付公开发表的史实让读者知道，我们就有愧于二十一岁的文学青年章衣萍近百年前实实在在的文学作品举荐的具体奉献了。

鲁迅许广平与"一个女读者"

周刊《现代评论》第一卷第十五期"初版"本一九二五年三月二十一日发行一个多月后，五月十五或十六日鲁迅"忽然接到"赠送的该期"新印"本。觉得有些稀奇的鲁迅细心把刚收到的"新印"本与"初版"该期逐页对照，除首页目录上的原铅排"参差处"都给弄得"已经整齐"外，"末页的金城银行的广告已经杳然，所以一篇《女师大的学潮》就赤条条地露出"。直白地讲，就是《现代评论》编者用《女师大的学潮》一封"读者来信"取代了原来的"金城银行的广告"。鲁迅把他的发现，立即写入后来成为他的著名杂文之一的《并非闲话》中，公开发表于该年六月一日《京报副刊》。

也是《京报副刊》，在该年三月二十四日第四至六版还发表了署名"正言"的《评现代评论〈女师大的学潮〉》，有二千五百字，文章开头便是"有所谓'一个女读者'，于十四年三月十五日投《女师大的学潮》一文于一卷十五期《现代评论》，她以'事实是否如此，我们局外人自不能确知'的态度发言"，紧接着"正言"即作者单刀直入地说"至于我呢，忝为该校之一员，对于校事，熟谙与否的程度，量的方面敢信较'局外人'的'一个女读者'为切肤的，尤其有不甘缄默的话，现在且请所谓'女读者'青睐"，于是几乎是逐层逐句把"一个女读者"的来信《女师大的学潮》驳得体无完肤。结论是：一定要把北京女子师范大学校长杨荫榆赶出学校！文章末尾说："杨氏除了女师大就没地方去吗？这豆大的路途，危险呀！'一个女读者'，将来能容得你来？容得下……来。"

这篇"正言"的文章，以刊物的实证说明了一个史实，用《女师大的学潮》替换金城银行广告的"新印"本《现代评论》第一卷第十五期至少该年三月二十二三日已经发行，与"初版"本稍稍迟一步上市。该刊预订者如鲁迅最早收到的是有金城银行广告的"初版"本，后来才"忽然接到"的应该是《现代评论》编辑部赠送的"新印"本。

写文章驳斥"一个女读者"的"正言"显然是个

笔名，正好在鲁迅和许广平的合著书信集《两地书》中有许广平的自述。许广平在这年三月二十六日写给鲁迅的长信第二自然段中说："十五期《现代评论》有'一个女读者'的一篇《女师大的学潮》，她也许是本校的一位牧羊者，但是她即承认是'局外人'，我就'以子之矛攻子之盾'的放肆的斥驳她一番，用'正言'的名义……"

此时鲁迅和许广平已互相密切来往。鲁迅一收到许广平的长信，也立即在该年三月三十一日以长信回复，说到写《女师大的学潮》的"一个女读者"的署名时，鲁迅敏感地指出："《现代评论》上的'一个女读者'的文章，我看那行文造语，总疑心是男人做的，所以你的推想，也许不确。世上的鬼蜮是多极了。"鲁迅说的许广平的"推想"，是指许广平对"一个女读者"的身份认定。鲁迅干脆觉得《女师大的学潮》的"来信"是由《现代评论》的男编者写的，假冒了"一个女读者"的名义。

第一卷第十五期《现代评论》末页的《女师大的学潮》的"一个女读者"署名案及其连带的该期刊物的版本案，至今还是让人不知所以然的疑案。但鲁迅用第一卷第十五期"初版"和"新印"的两本《现代评论》

实物对勘比较而后又写进文章公开发表的版本"研究成果",九十多年过去了,连在为《现代评论》编写全目时也仍不予使用,恐怕有点说不过去吧?

考察这一年的头四期《现代评论》,在版本登录上最初是严谨的,如第一期印有"三版"即该期共重印两次,第二第三第四这三期也印有"再版"即重印了一次,何以第十五期"新印"后不给予标注"改订再版"呢?可见真的是有鬼,好在被鲁迅活活及时地当场抓住了把柄,而且做文章发表,公开了相关的史实细节,否则一个小小的真相又会被人为地湮没。

朱湘一封集外长信

　　江苏广陵古籍刻印社印行了上下两卷本的《胡适友朋手札》，收有五十二封胡适的"友朋"们写给胡适的书信，其中一封就是朱湘长达二千五百字的长信。这套宣纸线装本《胡适友朋手札》的版权页不仅没有定价，连出版年月也没有。据内部印行的《广陵书社十年书目（2003—2012）》中相关记录，《胡适友朋手札》一九九八年影印出版，与该年的二月影印《胡适手札》和五月影印《阿英信稿》的出版时间差不多先后，是一个小小的名家书信手迹影印系列图书。

　　朱湘的这封长信，比较重要。它不仅是研究朱湘本人的第一手自述档案，而且也是研究"胡适与朱湘"这个问题的第一手参考史料。朱湘此信只在信尾部分写了"五月廿四日"，据信中一些相关史实推算，此信写于一九二五年。下面是根据朱湘书信手迹弄出的释文，不当之处，乞教正。

适之先生：以素昧平生的人来托亲交中才能开口的事，未免唐突，但韩愈荐孟郊即韩氏自己也曾数次上书时相的。司马迁《夷齐列传》末尾的几句话是极对的。凑巧我昨天翻到一本民国元年出版的刊物，中引宋华州张元的两句咏"白鹰"的诗，"有心待搦月中兔，更向白云头上飞"，这两句诗比起杜甫"画鹰"的"㩳身思狡兔，侧目似愁胡"两句来，性质虽异，而佳妙则同；但一挂文士的口齿，一则很少人知道，并且这些很少人所以知道这两句诗，还是因为作者有过事异族西夏的一件政治事迹。由此看来，诗选中的"无名氏"也不过是一小部份的幸者以及一些"附"上了"青云之士"的人罢了。不已于言，不吐不快，我的这些话并非是想求先生来公开的称赞我。我现在要托的事，是荐入商务印书馆。

我今年在上海大学教英文，第一本书是郝胥黎，听者极少。自从我的无资格宣布以后，想不到竟遇着一些好笑的事。一件是：我译strata of society为"社会的各阶级"，我当时解释，strata一字本是

"地层"的意思,这里借用为"阶级";何以能借用呢?因社会的各阶级,像地壳的各层般,也是一步步的演化成的。但有一学生教训我说译为"层级"更好,因"层"字表出进化的意思。那么试问,"阶级"的原义是什么呢?由此看来,一个教员没有资格,学生是极会疑心的。编译只看文采不问资格:所以想入商务印书馆。

并非自大的话,只说翻译,我的六十页的《路曼尼亚民歌一斑》便抵得他人的六万页;因我译那本书时,不仅在书内作功夫,也在书外,我细阅读过许多的《百科全书》,读过路国的历史,自己向英国购买路国短篇小说集译本以及一本谈路国乡村生活的书来看过,才作出了我的那篇短的序以及那篇短短的跋来。即"路曼尼亚"四字中的"路曼"两个字都有讲究,因此名之原文为Romania,原文中的o等于英文u的发音,a等于法文un,ou in的发音,所以此名应译音为"路曼尼亚",而不应译音为"罗马尼亚"。并且"罗马尼亚"的"罗马"易与他名淆混,虽然路国文字是现存文字中最近拉丁的,但"罗马尼亚"在巴尔干半岛上,"罗马"则在意大利半岛上,并且"罗马尼亚"绝非东迁的

"罗马"。至于讲到别的翻译,我曾有一英文长信致彭君基相谈一篇我的Aeschylus:Prometheus Bound的中文重译,先生如感觉兴趣,可以向彭君索阅。我的英诗中译,我也有几篇文章自己解释,但《京报副刊》压置不登,后转《晨报副刊》,不知已登出否。如果登出,我已函嘱饶君孟侃将它们拿给先生看看,如先生以为值得登载即望介绍与——《晨报副刊》。谈起创作,批评方面特附上《桌话》一则(阅后望由彭饶两君转下),诗歌方面则不谈以前的,只录近作一首:

　　答梦
我怎么还不能放下?
因我现在浮沉于海中,
你的情是一粒孤星
垂顾我于云浪的高空,
它吸起我下坠的失望,
令我能勇敢的前向。

我怎么还不能放下?
是你自己留下了爱情,

他趁我不及防的梦里
玩童样排演起戏文,
——我真愿力能及梦中,
好同你每夕的相逢!

我怎么还不能放下?
□嫁并非撒手的辰光:
有如波圈越摇曳越大,
虽有池岸能将他阻防,
柳条仍起微妙的颤曳,
并且它将永扩出而不灭。

温情随时光而更热,
正如山的美随了远增加,
棕榈的绿阴更为可爱,
当游子渡过了黄沙:
爱情呵!请替我回答,
我怎么能将伊放下?

　　所以我看我还够得上先生的推荐。商务印书馆在新文化上虽无多大贡献,但在新青年的智慧的形成上是占有很重要的位置,则为大家所承认的。前信谈《英华合解辞汇》八年中十九版,也可看出它在新青年的英字知识上的位置了。但此字典竟随我的任意翻查而露出了那些巧妙的笑话:这不应当设法补救吗?又《人名辞典》我前在《语丝》中举了一例,证明出它太模胡,近授上大英文,无意中又发见一例,即瑞典科学家Linnaeus(林奈乌士)据一学生查的,是译成"林内斯"了。这种模胡不应当设法改进吗?又,据各刊物看来,商务的译籍是谬误极多的;家嫂薛琪英女史近译法剧家Brieux一书,想托他们印,家嫂的译笔绝对的虽非最上乘,但相对的总算是超拔了,那些别人的可笑的谬误也是家嫂的译文中所没有的,并且白立阿被萧伯纳称为有过卜生而无不及,而家嫂译的三种本身又极好,且是谈的一种常人不谈而却是关系极重的性问题(婚姻生产梅毒三方面):不料他们竟不肯印!这种颠倒不应当纠正吗?一方面,我望北大能组织一个如"牛津图书公司"的那种大出版部;但一方面这种已成势力的书局也该设法补救才好。我并非是有什么野心,但我如进去时,他们给我什么事作,我都要尽力作去,并且我能看出的短处,我都要建议。

我即入商务,也是暂局(暂局在我并非敷衍的对称词,即如文学研究会我已退出,但我以前的文章我还要替他们更为改好一点,以备成书或付刊)。将来我还是要加入我向友人闻一多、梁实秋提议的"艺术大学"(总不出吴、宁、浙、粤),或是入"北大图书公司"中服务,如需要我的话。

我也自有我的野心,它便是《文学丛刊》。我要独自作稿,独自筹款印刷,独自发行。独自作稿,因态度更可鲜明;独自筹款印刷,因自己工作的报酬我不主张扮谦的拱手(虽然我同样不主张攫取别人分内之物);独自发行,因托售折扣太大,无异于为他人作嫁衣(衣裳有时是不免要替他人作一作的,但嫁衣则不可),并且要是与我表同情,即千里之远亦可来,何况一举手投足的汇钱小事?要是顺便就买一本,不顺便就算了,那种人我也不希罕他们来看我的书。广告我也要自己出名登,因我近来恍然了惟有自己才最能了解自己。我的书将用毛边纸印,一因价钱简直一般,二因美观,三因不伤眼睛。我的书畅顺时是一年两本,拂逆时两年一本也。说不定我的书将一本不送人,好朋友也在内，因送书是有钱人作的事，而我无钱。野心一人不能不有，无野心的人便是死人；但野心应向"绝对"走去，不可走"相对"的路，那种阻挠破坏别人的人便是恶人。我不愿作死人，我不屑作恶人，我要作一个"人"。

朱湘　五月廿四日

此信望给彭君看，好知道我不去北京的原故；并望即由他转下，因此信也是我的《一本白话散文》中的一篇文章。

《文学丛刊》首期的目录约为"伊立沙白时代"的抒情诗中译若干，自己的近作若干，Marlan Hero Leander一叙事诗的中译，Brieus:Mataternity一剧的中文重译，Turgener:Faust ar Acia的中文重译，《论李集大成而杜为异军》，"Keats"论近人的"桌话"若干。

郁达夫重托李孤帆

几年前在网络就发现署名"达夫"写给"孤帆"的一封书信手迹,至今在网络仍可搜索到。细赏手迹并对书信内容进行佐证考察,可以确定下来是郁达夫的真迹。不过,最近挂在"孔夫子旧书网"高价求售的一件,显然使用了高清扫描技术复制,不是原件,因为信纸上的方格太规整太新了。但对郁达夫该信手迹的认定,不会造成怀疑。以郁达夫特有的行文格式,该封书信释文如下:

孤帆先生:

你还在上海么?我返家后养病觉得还有点起色。创造集股的事情,千万要你帮忙,我走的时候,叫全平来会你的,不晓得现在怎样了?

何日回汉口去?此信若接得到,请你复我一信。

我祝你

平安。

达夫

十二月一日

受信人"孤帆"叫李平,"孤帆"是他的字,他以字行世。李孤帆是浙江宁波人,抗战时期出版过《后方巡礼》和《西行散记》两本散文集。后来移居台湾,晚年收集、整理和印行了陈独秀的诸多遗文。李孤帆在与郁达夫交往的时段,同时还与胡适、徐志摩、吴稚晖、马寅初和经亨颐等文化名流社会名流有往来。然而,提供上述李孤帆简况的金传胜,在其初刊二〇一八年九月二日《文学报》上的《徐志摩的两封书信》中仍说李孤帆"具体生卒年不详"。其实,郁达夫在写于一九三五年二月四日的《追怀洪雪帆先生》,就有一整段写及李孤帆。

郁达夫写他在结识洪雪帆时:"这一次的同船者当中,有一位是李孤帆先生。他本在汉口经商;有时也常渡江,到武昌城里来和我们一道玩;所以我们的几个自北京去的教书先生,谁都和他认识。有时候,我们在汉口玩得晚了,不能渡江回去,也常常在他的那间商号里打铺宿歇；买物购书，若钱不够用的时候，也时常向他去通融若干。我们这一次下长江的船票费用之额，记得也是他老先生替我负担的。而他却是和洪先生自小就在一道的同乡，两人的年龄，也相差了没有几岁。"

郁达夫虽不准确道明李孤帆生年，但生于一八九九年的洪雪帆却让我们有了一个参照。按常理，"相差了没有几岁"即大或小均三四岁吧。其实，说李孤帆"他老人家"是郁达夫的客气，他们应该为同龄人，或许洪雪帆、李孤帆二位看起来要苍老一些吧。但有一点可肯定，郁达夫在船途中结识洪雪帆是李孤帆介绍的。

细究郁达夫写及李孤帆的这节文字，可确定该封书信写于一九二五年十二月一日，因为"我返家后养病觉得还有点起色"的事，在郁达夫这儿就发生于一九二五年十月中旬。这时，郁达夫告病假离开国立武昌师范大学返北京小住。还是这节文字中写到李孤帆是开"商号"的，故在书信中明言"创造集股的事情，千万要你帮忙"。这里说的也是一件大事：一九二五年五月初，已在武昌供职了三个月的郁达夫，与也在国立武昌师范大学任教的张资平，同刚抵达武昌的成仿吾会合，三人共同商议脱离承印创造社书刊的上海泰东书局，筹办"创造社出版部"，就地印制章程、集筹股金。想不到半年后郁达夫还惦记着这事,郁达夫的全部希望就寄托在李孤帆身上。后来,因所议股金每份五十元的数额无法落实,难以实施而放弃。"我走的时候,叫全平来会你的"中的"全平",即周全平。这说的,该是李孤帆同郁达夫、洪雪帆等同船抵达上海后的事情:郁达夫即将前去北京,临走交代创造社的成员周全平务必直接跟李孤帆落实"创造集股的事情"。

真想不到,当时郁达夫写给李孤帆的一封书信却完好保存了下来。对于史实考索来说,见到书信手迹图片且可给以完整释读,已经达到目的了。查一九九二年十二月由浙江文艺出版社印行的《郁达夫全集》第十一卷即书信卷尚未收入这件致李孤帆的书信,不知其后的更详尽的《郁达夫全集》收入了这封书信不?

老舍应为老金

在自己使用的一九八八年五月由上海文艺出版社印行的上下两卷修订本《老舍年谱》中，查阅使用的过程中一旦发现了新见史料，我就要在适当的地方做一些补充。比如，在通读徐志摩已经排印出版的书信集子时，我就补充了一则"接徐志摩来信"，还在当页眉白处写明"史料"出处，为"徐志摩1926年10月13日致张慰慈信中所言'老舍等近况何似，曾有信去，不见复，见时为问好'"，——这是多让专业研究者激动的"史实"啊，徐志摩曾有书信写给老舍！后来终于见到了这封徐志摩致张慰慈书信的手迹，"老舍"原来是"老金"……

不仅特指人名"老金"错了一个关键的字，连关键的写信月日也弄错了！徐志摩这封书信正文后面没写年月日，但在书信末尾有一句"今日九月二十七我等满月期也"。这里的"满月期"指徐志摩与陆小曼的度蜜月，就是书信中说的"有曼相伴"的那一个月。徐志摩与陆小曼结婚是这年的孔诞日即公历十月三日，农历八月二十七日。徐志摩和不少当年的人一样，在使用公元纪年的同时，又习惯于用阴历计程。不知从何人开始，这封徐志摩书信中的"今日九月二十七"又被误作了"今日九月初七"，再由人据历书换算，把这年阴历"九月初七"置变为"1926年10月13日"，也导致了我在《老舍年谱》上的补充文字之一错再错。

多读一些徐志摩的书信日记类写实著述，他的"朋友圈"就可以在阅读的过程中自然形成。这一封几乎全被误为一九二六年十月十三日的徐志摩书信的受信人张慰慈和信后陆小曼附笔致意的"爱绿"即梦绿，是一对夫妇。书信中提及的"适之"即胡适、"傅孟真"即傅斯年、"在君"即丁文江，再加上一个被误为"老舍"的老金即金岳霖，这个圈子几乎全是欧美留学生，书信中所言及的"尚未见来"的"劳勃生"本身自然就是欧美人士。他们这个圈子的人，除了欧美留学背景，还有大多是具有英美绅士气做派的，也是新月社和现代评论社的活动热衷参与者。貌似穷困的朱湘和自以为是"乡下人"的沈从文，在接近这个以胡适和徐志摩为核心人物的"朋友圈"后，怎么看他们都可感受到两位的言行举止流露着不少英美绅士气的做派。

这二三十年神话般流传着为追林徽因而"终身未娶"的金岳霖即被徐志摩书信点明了"曾有信去不见复"的"老金"以"逻辑学家"闻名于当时，他这一年经赵元任介绍在清华教书，并且与中文名字叫"秦丽莲"的Lilian Taylor正过着同居的幸福生活。当时的清华校园在北京城外，金岳霖和秦丽莲则住北京城中，足见安宁之极。徐志摩给"老金"写信，"老金"不回，只有两种可能：一是书信寄到学校，"老金"即金岳霖只能到了上"逻辑"课时才能顺便去拿；二是金岳霖忙着同居的小日子，顾不上回。

而由"老金"误辨成"老舍"的老舍，也实有其人。他就是《骆驼祥子》的作者，本名舒庆春，字舍予，笔名老舍。不过，徐志摩写这封书信的一九二六年，老舍不在北京。老舍虽不是欧美留学出身，但他一九二四年夏经一位英籍教授推荐往赴英国，在伦敦大学东方学院任华语教师，课外大量阅读外国文学作品，开始写作长篇小说《老张的哲学》《赵子曰》和《二马》，并开始在中国报刊发表。老舍是一九三〇年春才从英国返回，稍后任教于山东济南的齐鲁大学并担任

《齐鲁月刊》编辑。

也就是说,一九二六年十月间,老舍不在北京,徐志摩不可能写信给他。不可理解的是,徐志摩这封书信手迹已完整公布过两次,远的二三十年、近的也十多年了,为何专弄徐志摩的人不去细细多看几眼以辨其字形呢?

朱自清孙福熙与"清华园之菊"

朱自清一九二五年九月四日写给胡适的书信中，一开始他就感谢"承先生介绍我来清华任教，厚意极感"；在朱自清这里，对胡适的"介绍"肯定是情真意切。然而，事实上这年暑期清华学校设立了大学部，大学部负责人请胡适推荐教授，胡适推荐了俞平伯；但是俞平伯出于多种考虑，决定暂时不出城去清华教书，他就转而推荐了熟悉的朱自清。朱自清此前已经在江浙一带过了五年的飘荡生活，立即应聘到了北平，满心欢喜地开始了他终其一生服务于清华的教学历程。所以，朱自清这封写给胡适的书信末一段就写着："我于一日由平伯家移此，日内当开会商议新大学进行事宜；九日开课。"就是告诉胡适：他来到清华后就住在了俞平伯家中，自然朱自清也知道自己的清华任职不仅与胡适有关，与俞平伯更有关系。

在清华有了教学、研究和写作稳定工作的同时，对于美好环境本来就乐于欣赏的朱自清，对该校舍务部的两位同事工余侍弄的菊花产生了极大的兴趣，而且热情邀请刚留法研习绘画归国的二十七岁青年孙福熙前来进行绘画创作，带来了很好的效果。之前刚留法归国的孙福熙曾牢骚说："回到中国，事事不合心意，虽然我相信这是我偷懒之故，但总觉得在中国的花鸟与在中国的人一样的不易亲近，是个大原因"，然而，自"承佩弦兄之邀，我第一次游清华学校，在与澳青君一公君三人殷情的招待中，我得到很好的印象，我在回国途中渴望的中国式的风景中的中国式人情，到此最浓厚的体味了；而且他们兼有法国富有的活泼与喜悦，这也是我回国后第一次遇见的"。

这里孙福熙的话有点儿绕，理顺意思后得知，他是在感谢朱自清、"澳青君"和"一公君"三人邀约招待的热情。"一公君"，即朱自清《悼何一公君》中的何一公。何一公一九二六年十二月三十日去世，生前为清华学生兼任《清华周刊》总编辑，朱自清说何一公跟孙福熙"也是朋友"。再稍后，便是由朱自清即"佩弦兄"等给予的机会，让孙福熙与"清华园之菊"的两位培植者"结了极好的感情"，乃至在写实创作菊花绘画六十二幅之后,"于是凡提清华就想起菊花,而遇到菊花又必想见清华了"。刚说过的朱自清介绍的两位工余侍弄菊花的同事即杨寿卿和鲁璧光,他们的菊花被孙福熙用工笔细描的文字写在《清华园之菊》一文中。《清华园之菊》写于一九二六年十二月二十九日,初收一九二七年七月开明书店印行的孙福熙散文集《北京乎》一书中。

由朱自清介绍给孙福熙的杨寿卿"三代种菊",他"幼时就种花,因为他的父亲是爱花的"。孙福熙六千字的《清华园之菊》除了少量的绘事叙说,大多是"笔记"杨寿卿和鲁璧光培植多样菊花的奇妙过程,如将菊花的上半截与向日葵的下半截嫁接,"开来的菊花就如向日葵的大了"。

根据孙福熙《清华园之菊》末尾的写作年月"十二月二十九日"和末段首句"做人二十七年了",以及朱自清前引致胡适的书信和孙福熙《北京乎》的出书年月,朱自清介绍孙福熙来清华园画菊花的时间,应该就是一九二六年菊花盛开的中秋节前后。

但查阅光明日报出版社二〇一〇年十一月印行的三十五万字的《朱自清年谱》,在一九二六年秋天却没有这件雅致史实的记载。不巧朱自清日记也没有留下这一年的，好在朱自清的《悼何一公君》中写及"有一回，孙春台到清华来画菊花，住了一礼拜"，应该就是这年的中秋节前后一周。

在二〇〇四年十月人民教育出版社印行的四卷本商金林编著《叶圣陶年谱长编》"1927年1月17日"项下，找得朱自清与孙福熙同桌共餐的载录："朱自清由京来沪，将返白马湖迎眷。中午与王伯祥、夏丏尊、章雪村、李石岑、周予同、郑振铎、胡愈之、孙春台在新有天宴之。"其中"孙春台"就是孙福熙，"春台"是字，也写作"春苔"。

高语罕的《牺牲者》

早年一直追随陈独秀从事共产主义革命事业和文化、教育活动的高语罕，一九二八年四月在上海亚东图书馆用"戈鲁阳"的笔名印行了一本小说集《牺牲者》，共收短篇小说九篇。第一篇便是与集名相同的一个短篇小说，有一万七千字，占去五十页，全书才二百一十一页，在当时要算是比较长的短篇小说了。

这篇较长的短篇小说《牺牲者》通篇使用对话，主要是作品的主人公乳名"士素"的田夫乐向他的"结识不过一个多月"、二十二岁的就读于医校的恋人方文英倾诉自己婚姻上的不幸。这小说的情节，可用"士素"在作品尾声部分向方文英说的一段话概括："文英：这就是我和我的妻子一段婚姻痛史。我和我的老婆，都不过是他们'两辈交情'的牺牲者！我起初和她乖离时，只认她是我生活的幸福中唯一的障碍，敌人；现在这乖离的事实仍然存在,将永久的存在,但是我对于她的观念却有点不同了。她是同我一样的不幸,痛苦或且甚于我十倍。"在前面的倾诉中,"士素"还向方文英讲他和她的老婆虽有了孩子,但"士素"说他们之间并没有爱情,只是"性的冲动"才产生了孩子。

没有找到高语罕的文集或全集,偶然在也是由上海亚东图书馆印行、一九二五年六月初版的程浩著《节制生育问题》一书高语罕为该书所写的序中,得知高语罕的婚姻状况真就是《牺牲者》中乳名"士素"的田夫乐一样属于"终身苦楚的婚姻,便于十九岁开始了":"我的这位老婆是个睁眼瞎子,一字不识,在母家一点教育没有受过,并且又蠢,又拙,又强悍,我的父母只因为两家情款素洽,糊里糊涂的从我们小时,便把这一段冤业铸定!我当时年事尚轻,智识幼稚,思想顽固,不知好歹,不知道什么叫爱情,也并感觉不到痛苦。只是性欲来了,便和她'如此这般'一下!……时间过得快呀!忽忽近二十年了!我们天天在敌对的意义中过生活,然而却一连生了六个子女。这六个子女,完全是应付生理上的要求的果子,不是爱情的结晶。"

为程浩的《节制生育问题》写序时,三十八岁的高语罕如此清醒地总结个人婚姻的"苦楚",和小说《牺牲者》中的乳名"士素"的田夫乐几乎完全一样,但不知道真实生活中的高语罕是否也有一个"方文英"?

追随陈独秀从事共产主义事业和文化、教育活动的同时,高语罕除了上述《牺牲者》的自传体短篇小说,他一九三三年五月出版的自传体中篇小说《百花亭畔》,叙述自己于辛亥革命期间所见所闻的徐锡麟刺杀恩铭的史事,一九三九年三月印行的附了不少图片的也是自传体中篇小说的《烽火归来》,叙述自己一九三七年抗战期间从香港取道广州、武汉、南京到上海以及从上海返回南京的经历和见闻。这两部中篇小说都是动荡年代重大历史事件的现场记录,值得重视。

都是安徽人的陈独秀和高语罕,两人一生的命运也差不多,他们最终都在贫病衰老中去世。高语罕一九四八年在南京去世,据章品镇讲高语罕终其一生"只是个因老病而困苦不堪、日暮途穷的读书人"。高语罕幸好还有《新民报》老编辑张慧剑"为他找卖文的路",而且"结邻而居,便于照应他的老、病,直到为他营葬结束"。刚才述说的高语罕晚景,可参见章品镇《花木丛中人常在》第一百三十五页所写,该书一九九七年三月由北京生活·读书·新知三联书店出版。

徐志摩致郭嗣音一信的年份

商务印书馆二〇一九年十月印行的十卷本《徐志摩全集》书信部分是我负责最后勘订的。虽谨慎做工，但对看不到作家原件手迹而又怀疑有错的字句，也不敢贸然动笔修改，写给郭嗣音的一信便是这种情况。二〇二〇年五月华宝斋富翰文化有限公司和浙江人民出版社联合印行的罗烈洪主编的《徐志摩墨迹（增补本）》，其中第四辑收录了由收藏家提供的徐志摩致郭嗣音书信的手迹两页，印制得清晰易辨，兹补加标点符号后严格遵照徐志摩的行文格式释文如下：

嗣音我兄：

来书敬知，比以事忙未即复为歉。市政府诸人近未相晤，致兄所托事未能附言方便。今既已进行有绪，最佳。卫生局如派人来，当如尊嘱答付。仲安先生日内见时,亦当便为道及,想彼亦必乐为绍介也。

　　四方多难,乃有瑞征,江南不得佳雪既有年矣。我乡诗翁定然着忙,不知有何雅趣?摩居沪,惟知迎送远客、奔波执教,更无善况为乡人道也。

敬念

雪安

志摩　十二月二十三

　　作为文献的书信,其唯一的可靠面貌就是书写者本人的手迹。收入商务印书馆版十卷本《徐志摩全集》中的这封书信,因为不是专家面对书信手迹亲验过录校订,导致格式走样和误释三处,补加的标点符号也不尽准确,连写作年份也仅仅是跨度有四个年头的推测时段即"此信约作于1927年至1930年间",等于还是没有给出年份。

　　现在好了,可以据上录准确文本来对这封书信略作考读。

　　受信人郭嗣音,是徐志摩的少时乡友。全信说的关键事体,是郭嗣音要在上海开设一家中医诊所,托请徐志摩找"市政府诸人"弄一个行医执照。但徐志摩因为忙，来不及回复，郭嗣音已办好了中医诊所的全部手续。"已进行有绪"，便是徐志摩对少时好友郭嗣音来信通报好消息的总结转述。这位郭嗣音真把徐志摩当成少时乡友了，办执照徐志摩没帮上忙，赶紧托徐志摩请上海中医名家陆仲安宣传自己的中医诊所。徐志摩放下诗人架子，以完全顺从少时乡友的口吻回应说"仲安先生日内见时，亦当便为道及，想彼亦必乐为绍介也"。

同时面对少时朋友，徐志摩在满足了对方的全部愿望后，也要倾诉心曲。最末一段，就是充满诗意地倾诉心曲：因为"江南不得佳雪既有年矣"即好长时间的冬天没下雪了，刚降瑞雪，诗人徐志摩对此"瑞征"即祥瑞的征兆却满含忧虑，他压抑地低声询问少时乡友郭嗣音："我乡诗翁定然着忙，不知有何雅趣？"这里的"我乡诗翁"不知是否指郭嗣音和徐志摩的父亲，或特指徐志摩自己的父亲。因为这时徐志摩父子已经因与陆小曼结婚的事情断了经济来往，但困顿中"奔波"谋生的儿子，还是悄悄向少时乡友郭嗣音打探老父亲的消息，虽然在牵挂中含着生疏。徐志摩遇难后，也是少时乡友的张謇之子张孝若《哀意仍未尽，更作二绝以吊诗人》中有句"天外恒河云树净，伤心更有老诗人"，此处的"老诗人"，即指徐志摩的父亲徐申如。所以，才有上述的推测。

接下来的"摩居沪，惟知迎送远客、奔波执教"，当然是如实通报近期生存状态：我住在上海，这几个月"迎送远客、奔波执教"。把这八个字落实，这封书信的写作年份就自然呈现了。

印度诗人泰戈尔一九二九年六月十一日下午，从美国和日本讲学后回印度途径我国上海时，徐志摩和郁达夫等到轮船码头迎接。这一次，泰戈尔又在徐志摩家里逗留两天。"迎送远客"，是徐志摩这年下半年经历的大事，他记得很牢。"奔波执教"也是实情，一九二九年上半年徐志摩继续在上海的光华大学任教，讲授《英国文学史》《英文诗》《英美散文》和《文学批评》四门课。这年九月起，他又接受了南京的中央大学教职，讲授《西洋诗歌》和《西洋名著》，上课时只得来往于宁沪之间。——"奔波执教"，就说的是这个事情。教过大学的人都知道，像徐志摩这么同时担任六门课程、在两个城市"奔波"，还要批改作业、辅导学生，该是怎样的劳累……但是，陆小曼的开销太大了，为了供养爱妻，徐志摩必须挣大钱。教书能挣多少钱？仅仅张歆海担任副校长的光华大学发给徐志摩的月薪就是二百四十元，真多呢！当年的保姆月薪一般是一个月两元，报社全勤记者兼编辑的月薪是八元。

但在商务印书馆印行的十卷本《徐志摩全集》中，该封书信中关键字句"迎送远客"却错成了"近送远客"，看不到手稿时我也不敢乱改。查看徐志摩的这封书信的手迹，他写的"迎"如果不仔细辨认，还真像"近"。可见，有了书信手迹，不注意审看，也会出错。文字工作，真是冒险的事业。

如上这么地考证梳理一下，《徐志摩全集》唯一的一封写给郭嗣音的书信之年份终于水落石出，应为一九二九年十二月二十三日。

贺玉波写"鲁迅的孤僻"

有一个不大为后世提及的写过不少很有见地的作家评述好文章的文学批评家贺玉波，一九〇六年十月出生于湖南澧县，一九八二年二月去世，与暴得大名而个性文字极少的所谓"文学理论家"周扬都是湖南同乡。更不为人所知的，是贺玉波的随笔散文也很漂亮，如署名"玉波"刊于一九三四年七月二十日上海《时事新报》的《鲁迅的孤僻》，先读这一篇好文章的原文：

> 在文学家群中，据说性情最孤僻的莫如鲁迅。从前我只从一些作家故事中看到，或是从人家的口中听到，似乎有点不大相信。可是，自从民十八我亲眼见到他孤僻的性情，方才相信人言之不虚。
>
> 记得是那年春季吧，赵景深和李希同女士在大中华饭店举行婚礼；男女两家所请宾客将近百人，

均为海上文坛知名之士。我因为是景深的旧友,也在被邀之列;便在那天黄昏时刻,随开明书店章老板和同事等,雇一汽车去赴婚宴。

进礼堂时,已是佳宾满座的时候。我们给主人道贺之后,便自动参加那些熟悉的友朋中间,谈着,笑着,以等候宴席。这时候,有一位在我耳边低语着:

"瞧!鲁迅一人孤单地坐在那里!"

我便把眼光投去,只见他老人家,穿着一件长衣,孤单单地闷坐在一张椅子上:他前额的头发已脱落,一笔粗黑的东洋胡须,把他那脸色衬得庄严而冷酷。

我瞧瞧礼堂的各处,却见这里一堆,那里一群的宾客,大家正谈得格外起劲。那漂亮的徐霞村,陪着瘦削的沈从文,把新进的女诗人虞女士包围在一起,混得怪有趣而快乐。我们滑稽的章老板,却和商务一部分同人如周予同、叶圣陶等,加上了我们自己几个人,正在大谈其新郎的"江北空城计"的笑话。此外,还看见许多不相识的人,也是各成一团,在谈着闲话。

于是,我再把眼光去投到鲁迅的身上,他却仍然如前孤零零地坐在那里,只是痴看着,默想着,不说一句话。他不去找同堂的人攀谈;可是,人家也不敢走到他的身边去找他。一直到张宴时,他才一声不响地入座。

"的确,鲁迅这老头儿是一个孤僻的人!"

我时时听见身旁的人,在发着这一类的议论。

文章全是写真,鲁迅日记中对应的载录可以坐实,只不过贺玉波把"民十九"误记为"民十八"。鲁迅一九三〇年四月十九日的日记这样写着:"下午雨。李小峰之妹希同与赵景深结婚,因往贺,留晚饭,同席七人。夜回寓。"贺玉波此文,硬性史料如徐霞村、沈从文、叶圣陶等人出席赵景深和李希同的婚宴,均可放心地写入各自的年谱。查阅沈从文、叶圣陶两人的大型年谱,这一天均空缺,如叶圣陶这一天就可补入:"下午出席赵景深和李希同的婚礼,并晚宴,其间与商务印书馆同事章锡琛、周予同以及贺玉波等人谈笑。"

丁玲出席鲁迅五十寿辰庆祝会？

半月刊《文艺报》一九五六年第十九期为"鲁迅纪念专号",其中有何之《鲁迅先生的五十寿辰庆祝会》。这篇短文引述史沫特莱《记鲁迅》说"党的地下组织在上海为鲁迅先生举行的五十寿辰的庆祝会上","有中国红军后援会的代表、党的地下报纸的编辑和文化艺术界的男女一百多人,都是所谓'危险思想界的代表人物'",其中"有'一位身材矮短而强壮、头发剪的很短的女子(即丁玲同志)立起来向大家指出发展普罗文学的需要',并'向鲁迅呼吁,希望他做左翼联盟的保护者和盟主'"。

虽然《文艺报》是当年中国作家协会主办的权威官方刊物,但上引的相关文字,没有注明文献出处,"一位身材矮短而强壮、头发剪的很短的女子"后的括注"即丁玲同志"无法确知是史沫特莱的文章本来就有的文字，还是引用者何之的补充注释。是否参加"鲁迅五十寿辰的庆祝会"是一件大事，丁玲在一九八三年九月写的《鲁迅先生于我》第三部分就有明确的回忆，她写道："当九月十七日晚'左联'在荷兰餐馆花园里为庆祝鲁迅五十寿诞的聚餐后，也频用一种多么高兴的心情向我描述他们与鲁迅见面的情形时，我也分享了那份乐趣。"丁玲清清楚楚地表示："鲁迅五十寿诞的聚餐"她没有去，但她的丈夫胡也频去了，回来立即就与妻子丁玲即她本人"分享了那份乐趣"。

丁玲为什么没有去参加"鲁迅五十寿诞的聚餐"？她自己没有讲原因，查一下就得知丁玲这年十一月八日中午生下她与胡也频的儿子蒋祖林。往前倒数，九月十七日正是有孕在身的准母亲丁玲大腹便便、不利于出门行动的即将临盆的高危月份。那么如果史沫特莱的文章写及的那位"身材矮短而强壮、头发剪的很短的女子"果真有其人的话，在有了丁玲五十三年后的自我认定后，也只能是另外的一个"女子"了。

关于史沫特莱与这次"鲁迅五十寿诞的聚餐"，二〇〇九年十二月由人民文学出版社印行的《鲁迅大辞典》"史沫特列"（即史沫特莱）条目载录她一九三〇年事迹时，写道："同年九月上旬，她在法租界租得一家荷兰餐室,为十七日左翼文艺界庆祝鲁迅五十寿辰提供会场,并自任'放哨'和接待的任务;还给鲁迅摄下一帧珍贵的纪念照。"

更让我们感到踏实的,是鲁迅一九三〇年九月十七日的日记后半部分有着简明的载录,为:"友人为我在荷兰西菜室作五十岁纪念,晚与广平携海婴同往,席中共二十二人,夜归。"十八卷本《鲁迅全集》对"五十岁纪念"的注文为:"指左翼文化界借吕班路(今重庆南路)五十号荷兰菜馆庆祝鲁迅五十寿辰。发起人为柔石、冯雪峰、冯乃超、董绍明、蔡咏裳、许广平,出席者有'左联''社联''美联''剧联'成员以及叶圣陶、茅盾、傅东华及史沫特莱等。先由柔石致祝辞,继由各左翼文化团体代表及史沫特莱致辞,鲁迅致答辞,后共进晚餐。"这时,鲁迅的儿子海婴还不满一岁,是一个小婴儿。

再多看一些相关史料,得知:那天黄昏来到现场的人的确有"一百多人",但是到了吃晚饭的时候,就走了一大半。叶圣陶等人发起,每人凑份子三元,给鲁迅的五十寿辰晚宴筹备饭菜和酒水等钱款。鲁迅日记记录的"席中共二十二人",就是陪同鲁迅夫妇吃晚饭的人数。

徐志摩致胡适的千字信

增补本《徐志摩书信新编》从中国社会科学院近现代研究所图书馆胡适档案中过录了一封此前未曾入集的徐志摩书信,有一千字,要算长信,就是写给胡适的。这封书信的末尾,徐志摩只写了"星一"即星期一。因为信中提及了"中公学潮事",《徐志摩书信新编》的两位"整理者"在该信题注中就说明:"考《胡适日记》,1930年10月31日日记有关于中公学潮事,故此信当作于是月下旬,星期一是27日。"于是,"一九三〇年十月二十七日"便成为这封徐志摩书信的写作时间。商务印书馆二〇一九年十月出版的十卷本《徐志摩全集》书信卷连注文也不要了,就把二〇一七年四月浙江古籍出版社增补本《徐志摩书信新编》两位"整理者"的"考《胡适日记》"之后的注当成一锤定音的结论,直截了当地把该封书信标为"1930年10月27日"。

细读徐志摩这封书信，言及"中公学潮"时，明明白白地写着"今日中公又演武剧"，与胡适日记在一九三〇年十月三十一日"记有"的"中公学潮事"不是发生在中国公学的同一起"学潮"，是"中公又演武剧"，即中国公学再次发生的又一起"学潮"！因而，貌似唯一结论的该年"是月下旬"即十月下旬唯一的那个星期一，即该年的十月二十七日同样无法确立为徐志摩这封书信的写作时间，该封书信的写作时间还得另外设法弄个明白。

该信正文末尾有"《诗刊》已见否？顷先寄一册去"的叙说，可为此信写作时间提供一个上限。我存用的这册徐志摩编的《诗刊》季刊创刊号影印件，不见出版时间，但署名"志摩"的《序语》标有一九三〇年十二月二十八日的写作时间，函询胡适"《诗刊》已见否"自然只能在刊物出版后，写信时间也只能在一九三一年一月中下旬甚或其后。

徐志摩此信头一段谈到自己收到暨南大学聘书的事，更可以为此信写作时间提供有力的佐证，信中写道："暨南聘书虽来，而郑洪年闻徐志摩要去，竟睡不安枕，滑稽之至，我亦决不向次长人等求讨饭吃。已函陈钟元，说明不就。"郑洪年是暨南大学时任校长，作为校长何以如此恐惧引进徐志摩这个文学教授？据梁实秋《关于徐志摩》一文所说是郑洪年认为徐志摩"此人品行不端"，自然是指离婚又再婚的事情。徐志摩自己在一九三一年二月七日写给胡适的信中说得具体些，为"我回来时候狠多朋友对我说郑韶觉在那里不舒服，说我'浪漫'有名，又说我是新月分子，我自然只有好笑。我本不向他求事，他既如此，我还能去吗"，再往下的"我答应他三天内给他回信，今天已是第三天，而我还是决定不下"的述说，进一步证实了徐志摩此信写于二月九日，而不是此前或者此后的某个"星一"。

真诚聘请徐志摩到暨南大学任教职的那人名字，商务印书馆出版的十卷本《徐志摩全集》和增补本《徐志摩书信新编》都弄错了一个字，不是"陈钟元"，而是"陈钟凡"，即著名的中国古典文学研究家陈中凡，又名钟凡，字斠玄。估计是徐志摩书信手迹中"凡"的行草字有点儿像"元"。陈中凡比徐志摩年长九岁，一九三一年他任暨南大学中文系教授兼文学院院长。徐志摩写给陈中凡"说明不就"，即不拟应聘的书信手迹收入二〇〇一年一月江苏古籍出版社印行的《清晖山馆友声集》中，也以排印本形式编入了天津人民出版社八卷本和商务印书馆十卷本《徐志摩全集》以及增补本《徐志摩书信新编》三书中，写作时间都是明确的一九三一年二月八日。

如此一来，致胡适的这封千字书信之写作时间"星一"，便是徐志摩给陈中凡写信的次日即一九三一年二月九日。徐志摩这封信中说的中国公学的"又演武剧"即又一次学潮，就发生于二月九日。"又演武剧"的又一次"中公学潮"应该是九日下午发生的，到了徐志摩写信时候的"星期一夜十时"，当事人双方仍然"在新新"即在"新新旅馆"之类中国公学的校外一处场所"议事"。

这封徐志摩书信很重要，仅仅在信中写出的人名，除了郑洪年、陈中凡，尚有中国公学的校董蔡元培、王云五、高一涵、丁骰音、刘南陔，以及名教授杨杏佛、马君武、罗隆基、潘光旦、俞剑华、黄时，还有陆小曼的堂兄"耀昆"，即一直随小曼父亲陆定生活并与王赓友好的陆耀昆，更有林徽因、梁思成夫妇和徐志摩挚友王文伯等等，可谓讯息密集。而且不少人都只是两个字甚或一个字表示，并非全名，要熟悉中国公学当年史况和徐志摩交往情形，方可完全读明白这一封书信的内容。有的内容我暂时也弄不明白，如书信末段一句"新月又生问题，肃、陆不相让"中的"肃、陆"是哪两个人、"不相让"的事是什么事，等等。

查胡适日记，一九三一年二月十二日的日记剪贴了三天前的九日《新闻报》上所登《教部已接管中公》一文。据剪报来看，可能"教部"规定的"将校内非法团体解散"一条惹起了被定为"非法团体"成员们的异见，加之原校长马君武又"不明大体"，才导致"中公又演武剧"。在一九三一年二月十五日的日记中，根据"记载甚略"的"报纸"相关文章，胡适对中国公学发生的学潮之前因后果有一个"推论"："中公问题如此结束，甚可痛心。大概二月四日的校董会本意由子民先生暂任校长以救危局，而君武、隆基诸人不明大体，容纵学生包围校董会，遂成僵局。于是校董会遂把学校送给教育部与党部了。"

文后略补：

上文写完，查阅徐志摩一九三一年八月二十五日写给胡适的书信中，有"萧克木任内确有不少疮孔，我们对他那一番信任至少是枉费的"之叙说，那么"肃"可能是"萧"的误辨，就是指萧克木。"陆"有可能即指徐新六，就是徐振飞，"六"和"陆"在数目表达方面其实是一个字。《新月》到徐志摩写信这个时段，最麻烦的就是刊物的印刷费、购买纸张和交付印工费等开支，也即徐志摩书信中说的"向银行做透支的事"。而萧克木和徐新六两个人都是银行大佬，同为新月社的大股东。所谓的"不相让"的事是什么事，具体所指待考，但肯定就是"钱"，即新月社的杂志和书籍印刷费用方面的纠纷。

丽尼的《刊误表》

印刷厂位于重庆天主堂街,"经售处"和"分发行所"却都设在上海的"重庆书店",一九三一年四月印行了丽尼以"郭安仁"本名署用翻译的五百一十二页的二十五开阔大本《俄国文学史》。年仅二十一岁的译者丽尼,在上海江湾一见到刚印出的样书,就立即通读了一遍自己的译著,细心地列出五十三处排错的字句,用表格分为"面""行"和"误""正"予以标明,还在《刊误表》之前写了两段话,有四百字,全录如下:

> 看见了已经印好的本书,发现了其中有不少的误植,倒置,遗落和空白的地方,因此我请求书店将开始发售本书的时间推延几日,让我附一个刊误表在这里。说起刊误,第一,书名就是一个大的误刊,我原来的译名是照着书的原名译作《俄罗斯

文学之理想与现实》的,但是这一回却被书店改为《俄国文学史》了。因为误刊的地方太多,所以这个刊误表仍然不能列入那些显见的错误如"己"与"巳","允"与"充","侍"与"待","戴"与"载","垒"与"叠",等等,以及显见的标点错误,和猜想得出的遗落,和英文字的错误——这些,只有请读者们原谅并且自己改正:假若本书有再版的机会时,在第二版的本书上这些错误定然是不会再看见的。

再,在一三四面《屠格涅夫章》中遗落了一个附注,现在补译如下:"唯一的例外就是《处女地》中那两个老人的那一场面。那是无用的而且不合式的。介绍了他进来只不过是一种文学的奇想而已。"

年轻的译者丽尼写的"说起刊误,第一,书名就是一个大的误刊",不是一般口气的指责!往下读,方知:"我原来的译名是照着原名译作《俄罗斯文学之理想与现实》的,但是这一回却被书店改为《俄国文学史》了。"虽然年仅二十一岁,丽尼对书名的"被书店改"也未有太过激的批评。除了列表的五十三处"刊误"，丽尼也说明"这个刊误表仍然不能列入那些显见的错误"，他举了五组形近字误植的例字，还提示其他"显见的标点错误，和猜想得出的遗落，和英文字的错误"等等，"只有请读者们原谅并且自己改正"。译者乐观期盼的"本书有再版的机会时，在第二版的本书上这些错误定然是不会再看见的"，至今不见实现。

丽尼译的这部本来名叫《俄罗斯文学之理想与现实》的书，作者是克鲁泡特金。该书不是纯粹文学史实的叙述，而是饱含作者沉思的一部论著。该论著的产生，源于一九〇一年三月克氏在波斯顿的露渥儿学院的八次演讲，内容是谈十九世纪俄罗斯文学的"理想与现实"。在克氏撰写演讲稿之前，他已成熟地认为：俄罗斯文学"有旧老文学所不及的清新与青年的气概"，"它对于一般厌恶了文学的雕琢的人们，特别有一种诚实与简单表现的吸引"，尤其是"它能够在领域以内，引入了几乎各种社会的，政治的问题"。把书名改为《俄国文学史》，在销路上或许好一些，但"名副其实"就成了一个问题。

这部《俄国文学史》在版权页和前扉页都标明出版该书的"重庆书店"在"上海"和"重庆"两城都有，但此书存量极少，几部大型图书编目都无此书的登录。

如果有机会编印出版包含全部翻译著作的多卷本《丽尼全集》，此大部头译著应该在全面订正后再行收入，否则真有愧于不到六十岁就去世了的丽尼早期在译界的重大奉献。

赵景深写新文学"小史"

到一九三一年七月,赵景深八万字的《中国文学小史》已在上海光华书局印行了九版。哪怕只卖了一百元版权的小书,从读者利益上考虑,赵景深还是在这年八月七日完成了几年后又一次"改订",共才得到一百元"补加"报酬。因为最初没有想到这书会畅销,"倘若抽版税,大约可以抽到一万元吧",在此书印行到二十几版时,赵景深一九四六年七月中旬这样讲。据赵景深回忆,之所以畅销,是因为清华大学闻一多、朱自清和俞平伯诸人集体"推定"把这本书"列入考试的必读书"。清华大学一旦把这书列为入学考试的"必读书",效仿此举的大学不会只是少数。在《中国文学小史》的"十版自序"中,赵景深特别交代该书在"改订"时"最后一节更加了两大段,将现代文学叙到最近为止",章标题也由原来的"最近十年的中国文学"改为"最近的中国文学"。

该节中原"最近十年"均改为"最近十余年",别说"十余年",即便"十年"的中国新文学,用三千字的篇幅说个大概轮廓出来,也很难。由一千五六百字增补扩充为三千字的"最近的中国文学",读它一遍,还真得佩服三十岁不足的赵景深的凝练简要的表达能耐:从中国五四新文学的发生,说到诗歌、小说、散文、戏剧、理论各部类创作的具体成绩和不足都扼要归纳,他还真的做到了!抄录赵景深论及叶圣陶小说的段落,就可见其此类功力:"叶绍钧最初作《隔膜》,多写小学生和儿童的生活;及作《稻草人》则以美丽的笔写幻想的故事,渗入以平民思想;后作《水灾》则更扩大其写作范围至于社会;最近的《线下》与《城中》复由日本白桦派的风味改而为柴霍甫式的幽默。《未厌集》分析心理,更为透彻。《倪焕之》是作者最近的长篇,前半颇细腻,且写人间琐事,其可爱处有如沈复的《浮生六记》。"就这近两百字的概括评说,要熟读叶圣陶到何种程度才可以总结得出来!

再摘录赵景深对其他小说家的评说:"文笔与鲁迅一样辛辣明快的则有鲁彦与黎锦明""像叶绍钧那样不过于刻划、而亦不过于粗疏的则有孙席珍""与张资平似的以性欲描写得到广大读者的为章衣萍、金满成、叶灵凤、罗西""善于分析心理，如剥蕉锤钉似的打到深处的是丁玲、沈从文、魏金枝、张天翼""像牧歌似的写美丽的抒情文字的是郭沫若、施蛰存、徐蔚南和凌叔华""文笔明净老练的是汪静之、周乐山、彭家煌以及胡也频""以《蚀》和《虹》震撼文坛的时代作家是茅盾"……不再抄下去了，从这三千字看来，赵景深对十多年的小说创作非常熟，你看他对茅盾的评价多准确，要知道这是一九三一年初呀！而《中国文学小史》的初稿，写于一九二七年呢。

二十岁时毕业于天津棉业专门学校纺织科的赵景深，没有服从分配到河南一家纱厂去上班，他凭着对文学的酷爱刻苦自学又勤于写作，五六年后成为著名的作家、文学史家和翻译家。二十八岁的赵景深一九三〇年起开始担任复旦大学中文系教授，直至一九八五年去世。民国后二十年间，赵景深除担任复旦教职外，还兼任北新书局总编辑，他组编了大量有价值的原创图书而被公认为著名出版家。在个人爱好的驱使下，再加上工作的便利，赵景深写下了好几百个同时代作家的"印象"，更有一九三一年八月仍由上海的光华书局第十二版印行的《中国文学小史》最后一章"近十年来的中国文学"，这三千字的专说"新文学"一章，是对前此十一版同一章一千五百字内容的扩充改定。

广西师范大学出版社二〇〇四年十一月印行过陈子善编的赵景深评说"新文学"文章的合集《新文学过眼录》，估计编者集中精力在单篇文章搜集上用功夫，却忘了在专著《中国文学小史》的最后一节有三千字专门叙述"过眼"五四后头"十余年"中国现代文学，也即常说的"新文学"历史，这里正可以为《新文学过眼录》"补白"。

不必讳言，这本八万字的改订本也确实留下了一些"匆促作成"的"遗漏"和失误，如刚说及的《最近的中国文学》一节谈到"诗歌"时，头九版都只"四个变迁"，改订本即第十版"增改"到"五个变迁"，但在"最后为象征诗"第五个之前，又有一处"最后便是如今仍盛行的西洋体诗"；应该将"象征诗"前的"最后"处理为"第四"即稍后说的"第四期"。作者被书店催，书店的相关人员又不仔细审读或根本就不审读，赶紧付印了上市卖钱……

郭译《少年维特之烦恼》一处差错

一九三〇年八月二十日，精通英语和日语的罗牧在"沪西"为他刚译注完稿的《少年维特之烦恼》所写的"译者琐言"是干净利索的六条内容，占了小三十二开一个页面，这六条带括号的阿拉伯数码编序，第三条具体指出郭沫若译的《少年维特之烦恼》的一处差错，为："起初我也参考过郭译的，及至发见了……长的一个有十五岁，与年龄相应地很文雅地亲了她……那段译文时，我赶快把那本书放开去。夏绿蒂只有六个弟妹，从二岁起到十二岁为止。郭先生替她母亲生了一个十五岁的孩子来，真是可贺之至。"

罗牧译注的《少年维特之烦恼》，一九三一年七月由上海北新书局采用了英汉对照的方式初版印行。这书受到了读者的欢迎，不到两年，一九三三年二月已印至第三版。

罗牧是在给英文原著难懂之处详加注释的同时逐单词逐句地依据英文转译的，而且译成中文时因为要跟英文对照阅读，所以不免译得生硬些。这也带来一个好处，就是忠实于原文。我们见到的这个北新书局一九三三年二月印行的第三版，是自左往右翻阅的横排本，左面是英文，右面是中文，有注文时一律排在当页的下方，非常便于阅读。

罗译本所附的英文译本，他怕这英文译本在由德文转译时不太准确，还参考了日本翻译家泰丰吉由德文直接译出的日文本。

介绍这些有关情况，是想说明罗牧的译注工作是相当严谨的，他指出的郭译本一处差错当然就应该值得相信了。

我刚巧存有一九二八年九月二十五日和一九三〇年四月由上海泰东书局印行的第十一版和第十四版郭译《少年维特之烦恼》，正好可以坐实罗牧的述说。

罗牧指出的郭译本具体的一处差错，就在正文第二十三页上。原文为"绿蒂叫把马车停了，把她两弟儿放下车去，他们还要亲一回她的手，长的一个有十五岁，与年龄相应地很文弱地亲了她，……"

罗牧之所以口气坚决地说郭译本不值得他参考，因为这儿出现的译误是很低级的硬性差错。就在紧挨这一节的上一段，郭译本中就有明明白白的介绍性质文字，说绿蒂带来的弟妹们是"六个孩子，从十一岁以至两岁"。

仅仅只读郭译本出差错的这一节文字的"与年龄相应地"之别扭译句，可让我们觉得问题就出在这个可能是修饰限制的词语上。查阅罗牧译文和所附英文，知道这一句歌德的原意估计是要说"这个十一岁的孩子吻其姐姐绿蒂的动作和告别礼节像十五岁的大孩子一样"。罗牧是这样翻译被郭沫若译错了的那一句的："最大的用十五岁的孩子那样的温柔态度来吻她，……"

估计郭沫若生前没有见到罗牧的译本，因为到了一九五五年十月由人民文学出版社印行的郭译本《少年维特之烦恼》中仍然没有订正译误，仅仅把原译文中的"文弱"改为"文雅"，而且这次改动，我手头的一九四二年十一月重庆群益出版社印本就已经有了，而且罗牧的引文也是"文雅"。就是说，一九三〇年四月和一九三〇年八月之间，郭沫若对他译的《少年维特之烦恼》有过一次文字修订。

没有找到郭沫若自述他译《少年维特之烦恼》依据的是哪一个具体文种和版本的交代，对照由人民文学出版社一九八一年十一月印行的杨武能根据德文译出的该书，郭沫若错了的那一句仍是仅仅略微变换了表述方式的错译"大个的可能有十五岁，在吻姐姐的手时够彬彬有礼的"。其实和郭译本一样，杨译本的前一页上就有夏绿蒂所带弟妹的准确介绍"六个孩子，从十一岁到两岁"。

译林出版社一九九五年四月印行的韩耀成译本《少年维特之烦恼》中这一节也仍然是大同小异的错译："吻手的时候大弟弟显得文雅和温柔，与他十五岁的年龄很相称，……"

其实和郭译本、杨译本一样，就在韩译本的上一页就有"六个十一岁到两岁的孩子"的叙述。

罗牧具体地指出来的郭译本这一错译，其根源已经大致明白了，是把比喻修饰性质的数量词译成了人物年龄。但我们不得不提出怀疑：截至当今我们有没有完全可靠的《少年维特之烦恼》的中译本？

就在这处几种中译本都有年龄错译的下一段，说及上次错给夏绿蒂的一本书，郭译是"前回的书也不见得好"、杨译为"上次那本要好看些"，——两个译者对同一句的翻译竟然是完全相反的意思了。

指出郭沫若译《少年维特之烦恼》一处具体差错

的罗牧，其生平事迹很难钩沉。我们只知道这位罗牧出身燕京大学，他有一个妹妹叫罗梅，罗梅后来与罗牧的燕京大学同窗连士升在一九四〇年结为伉俪。罗牧自费印过一本诗集《生命的叹息》，一九三二年七月在北平初版问世。罗牧还有译著《人与超人》问世，是萧伯纳的作品，当然是根据英文原著译出，一九三三年二月在上海商务印书馆印行。在我手头几十部大型专业工具书中，只有两部笔名工具书内有罗牧的名字登载，但没有任何具体的内容，连出生年月、籍贯等等也没有。估计罗牧出生于一九一〇年左右，出版自印诗集《生命的叹息》时大约正在燕京大学求学。

给徐志摩老师送"鲜梨"

徐志摩一去世,《新月》月刊就把该刊第四卷第一期辟为"志摩纪念号",集束发表了陆小曼、胡适、周作人、郁达夫、梁实秋、杨振声、韩湘眉、方令孺、储安平、何家槐、赵景深和张若谷共十二人的悼念回忆文章,其中何家槐的《怀志摩先生》一文回忆了给徐志摩送"鲜梨"的事,照录如下:

今年夏天,我从家里带出一只洋——其实还不到一只洋的鲜梨。一共二三十个,他还是拼命的不肯全受。"我只要十个尝尝就行——"他坚持着说:"你得带几只回去自己吃吃。""亏你这样远的路带了出来,"他又问:"可是很甜?""是的,"我回答:"又甜又清凉,包你喜欢。"我一边说,一边把梨从小网篮中取出,放在桌上。"你不受,烂也要烂在你的家里——"我比他更坚持,"我千辛万苦的带出来就是为你。"看我说得很认真,很严肃似的,他大声的笑了。"那末你也非得带回去四只。"他竟不容人分说的,硬把四只梨投入我的网篮,于是他大声的笑了。

何家槐生于一九一一年十月,徐志摩去世这一年即他送"鲜梨"的一九三一年他刚二十岁。但这一段回忆若要载入《徐志摩年谱》,有些地方还是略嫌泛泛:如"夏天"就有三个月,要落实究竟是哪个时段即夏初、夏中或夏末;如为什么徐志摩一定要坚持退回"四只"梨,而不是五只或三只……至于何家槐回忆文章在用词方面,仅有一处不太易弄明白,即"一只洋"。从破折号后的补充来理解,"一只洋"是这些"鲜梨"值多少钱的意思,"不到一只洋"即"这一网篮鲜梨价值不足一个大洋"。当年一个保姆的工资一个月两个大洋。如此,我们就知道这些送给徐志摩的"鲜梨"是多么贵重的礼物了,对于何家槐这么一个农村贫穷的在读大学生来说。

浏览同一时段回忆悼念徐志摩的文章,见到这一年即一九三一年也应该是同何家槐都在中国公学念书的金华人王一心写的《怀诗人徐志摩》,初刊一九三三年十一月一日在上海出版的《新时代》文艺月刊第五卷第四期，该文有一节也写及何家槐文中这次给徐志摩送"鲜梨"的事，正可互相佐证补充。

王一心写道："去年暑假终结我和何家槐君同由杭州回到上海的第一日，天下着濛濛的细雨，我们就冒雨去访他；因为炎热的夏天给我们一个长久的别离，这一去自然感到异样的新鲜。当时家槐送他一篮义乌的梨子；我觉得拿这东西送志摩先生真是胜过其他一切。因为梨子的味儿甜而带有少许酸，酸甜滋味里又透出一缕清香，正如志摩的诗里所不缺少的成分。'呵，家槐！一心！'他从楼上赶着一只玩皮的狗跑下来时，见了我们就从和喜的嘴里吐出我两人名字，在各人的欣喜中握过了手，继续就是一篇没有客套的闲谈。……为了不过于耗费了诗人的宝贵光阴，所以就准备告辞。他微笑地接了家槐的梨子，并且还四个给我们吃。"

读了王一心的回忆文章对送"鲜梨"的叙述，进一步知道了不少细节史实的原委：时间是一九三一年的"暑假终结"，大约为该年八月底九月初吧；送的"鲜梨"是"义乌的梨子"，因为何家槐老家就在义乌北县区何麻东村；何家槐写的也是徐志摩收下"鲜梨"后坚持退回四个，因为这样可以让何家槐和王一心每人拥有两个。

如果动一下手查阅史料，这次何家槐给徐志摩送"鲜梨"的具体时间，其实也可以弄清楚的。

暑假是一个舶来品，正式传入中国是清朝末年。民国十八年即一九二九年，民国政府颁布了新定的《学校学年学期及休假日期规程》规定："暑假，专门以上学校之多不过七十日，中等以下学校之多不得过五十日，其起止日期于学校历内规定之。各学校寒假一律为二星期，其日期于学校历内规定之。"查阅相关史料后得知，民国二十年即一九三一年六月，教育部又颁布了《修正学校学年学期及休假日规程》，学期设置未变，但对寒暑假却统一了日期，规定："暑假，专科以上学校以七十日为限（起六月二十三日讫八月二十四日）；中等学校以五十六日为限（起六月三十日讫八月二十四日）；小学以五十日为限（起七月五日讫八月二十一日）。寒假，各级学校一律定为十四日（起一月十八日讫一月三十一日）。"

这就可以知道了，何家槐这一次给徐志摩送"鲜梨"的具体时间就是一九三一年八月二十四日。从何家槐和王一心两人的回忆文章，也能看得出来是这天下午黄昏时候，所以才有徐志摩自驾私车送两位学生赶紧回到学校的举动；因为，第二天一早这两个学生就要到学校去报到，开始新学期的功课学习。

从王一心的文章中还得知不少徐志摩这个时段的生活详况，如他上海住家有宠物"玩皮的狗"、有佣人随时在旁听从吩咐、徐志摩有自己的私人汽车就由他亲自驾驶，还有就是徐志摩该时段担任着光华大学西洋文学系的主任等等。而且更为生动的细节也显现在我们眼前，哪怕就是晚辈学生来家中看望自己，到了夜间徐志摩也是找个让来人轻易就可相信的理由自己开车把客人送走："临走时，他说他也出去。于是三人就一同跳上了汽车，'波——'的一声把我们驶到九江路。"王一心文章中的"九江路"应该是离中国公学学生宿舍最近的一条街，徐志摩在上海的家位于福煦路新村。从"跳上了汽车，'波——'的一声把我们驶到九江路"来看，两地隔得不远。读着王一心的描写，徐志摩对待客人哪怕是对待自己的学生的优雅、大方和热情，已经让后世感动。这一点，除了徐志摩的诚心诚意，他的富裕程度还真是不可少的基础呢。

让人痛苦的是，何家槐和王一心两位青年大学生友人这次送"鲜梨"见到老师徐志摩之后不久，徐志摩当面向他们预告的"我过不上几天就要北上"，就是他乘坐飞机在济南遇难的人生最后的一次"飞",也是与这两个正求学于上海中国公学的心爱文学种苗弟子的最后一晤……

冰心从不品评同时代作家？

海峡文艺出版社二〇一二年五月印行了十卷本《冰心全集》，第八卷是书信卷，第四百〇八页一九九〇年一月十五日写给当时供职于《人民日报》副刊部编辑李辉的信中，冰心写道："你要我的一系列的讲话，真是异想天开！我这一辈子也不会做这种品评同时代作家的事！我从前曾在《人民日报》向外面介绍过'中国女作家'，那又是另一回事。"冰心这儿写的"我这一辈子也不会做这种品评同时代作家的事"，自然指从前没有"品评"过、现在和今后也不会去"品评"。真是这样的吗？

就在这卷《冰心全集》的第三页，便有"品评"刚因飞机失事丧生的徐志摩一大段话，不妨抄录供赏："志摩死了，利用聪明，在一场不人道不光明的行为之下，仍得到社会一班人的欢迎的人，得到一个归宿了！我仍是这么一句话。上天生一个天才，真是万难，而聪明人自己的糟蹋，看了使我心痛。志摩的诗，魄力甚好，而情调则处处趋向一个毁灭的结局。看他《自剖》里的散文，'飞'等等，仿佛就是他将死未绝时的情感，诗中尤其看得出。我不是信预兆，是说他十年来心理的蕴酿，与无形中心灵的绝望与寂寥，所形成的必然的结果！人死了什么都太晚，他生前我对着他没有说一句好话。最后一句话，他对我说的：'我的心肝五脏都坏了，要到你那里圣洁的地方去忏悔！'我没说什么。我和他从来就不是朋友，如今倒怜惜他了，他真辜负了他的一股子劲！"

转下一段另行，冰心紧接着还要"品评"徐志摩："谈到女人，究竟是'女人误他？''他误女人？'也很难说。志摩是蝴蝶，而不是蜜蜂。女人的好处就得不着，女人的坏处就使他牺牲了——到这里，我打住不说了！"说是"打住不说了"，冰心哪里打得住！再转一段再另行，已经是"品评"徐志摩等等了："假如你喜欢《我劝你》那种的诗，我还能写他一二十首。"读过冰心《我劝你》这首发表在一九三一年九月二十日《北斗》月刊创刊号上的诗，就知道这首诗是"品评"徐志摩、林徽因乃至梁思成的作品，而且甚至超出了"品评"上升到"指责"和"训斥"了。

以上过录的冰心"品评"徐志摩的书信，是一九三一年十一月二十五日写给梁实秋的。梁实秋既不是冰心的前辈也不是冰心的晚辈，正巧是冰心向李辉写信表态一辈子都不会"品评"的"同时代作家"。在冰心写给梁实秋的其他书信中，还找到了冰心"品评"梁实秋的话。在一九四〇年十一月二十七日给梁实秋的信中，冰心写道"你是个风流才子，'时势造成的教育专家'，同时又有'高尚娱乐'"，——这不是"品评"又是什么呢？

上面引述冰心给梁实秋信中写的"假如你喜欢《我劝你》那种的诗，我还能写他一二十首"，这句话要算是对梁实秋"品评"冰心的"品评"。必须回转去冰心"品评"徐志摩几大段话时的八年前，即一九二三年七月底北京《创造周报》第十二期发表的梁实秋《〈繁星〉与〈春水〉》。在这篇"品评"冰心诗作的文章中，梁实秋断言冰心"在诗的方面，截至现在为止，没有成就过什么比较的成功的作品，并且没有显露过什么将要成功的朕兆"，冰心的诗"在质上讲比她自己的小说逊色多了，比起当代的诗家，也不免要退避三舍"，冰心诗"完全袭受了女流作家之短"，"《繁星》与《春水》这种体裁，在诗国里面，终归不能登大雅之堂的"，文章最末一段是判决——"总结一句：冰心女士是一个散文作家、小说家，不适宜于诗，《繁星》《春水》的体裁不值得仿效而流为时尚。"

梁实秋一九〇三年初出生，比冰心小三岁。他写《〈繁星〉与〈春水〉》"品评"冰心时才二十岁，虽说孟浪狂傲，但还是说了实话。徐志摩去世那一年冰心也刚三十岁，我看她对故去的同时代诗人徐志摩的"品评"，说的也都是实话。至于冰心对梁实秋"品评"她的《我劝你》写得令他"喜欢"，说"我还能写他一二十首"，意思是对八年前梁实秋说她自己"不适宜于诗"的"品评"是错误的！要知道冰心《我劝你》有四十三行，当年要算长诗了，"一二十首"这种"诗"编辑起来就是一大本诗集。你梁实秋八年前不是说我"不适宜于诗"吗，多年后我又是一部厚诗集！

觉慧何以"慌忙"?

人民文学出版社一九五三年六月印行的巴金《家》第十章述及寒冬一天的黄昏来梅林折梅枝的鸣凤,遇到被祖父禁锢在家中不准出门与正闹"学潮"的学生接触的觉慧,两个年纪相仿的有情人坐在石凳上畅快地谈了不少体己话,等到鸣凤离开后,只有觉慧一个人待在原地了,作品写了如下的情形:

> 他独自在上面踱着。她底面庞占有着他底全部思想。他不觉忘了自己地念道:"她真纯洁,她真好。只有她……"他走到她刚才坐过的石凳面前,坐下去了,把两肘放在石桌上,捧着头似梦非梦地呆呆望着远处,口里喃喃地说:"你真纯洁,你真纯洁……"
>
> 过了一些时候,他突然立起来,好像从梦中醒

过来一般,向四周一看,便慌忙地走下去了。

即便联系前文所描写的觉慧帮鸣凤爬树折梅枝,以及两人畅谈时觉慧表示将来要"讨"鸣凤为妻之类的话,下一自然段中的"向四周一看,便慌忙地走下去了"也显得情节连系上的毫无依托。一个十七八岁正处于恋爱之中的少男,究竟做了什么事才怕别人看见而"慌忙"呢?总得事出有因。

直到读了一九三三年五月由开明书店印行的初版本的巴金《家》,才找出觉慧何以"向四周一看,便慌忙地走下去了"的原委,仍抄原文:

> 他独自在上面踱着。她底面庞占有着他底思想。他不觉忘了自己地念道:"这女儿真是纯洁的,这女儿真是纯洁的。只有她……只有她底灵魂才是伟大的呵!"他走到她刚才坐过的石凳面前,跪下去,不住地去吻那似乎还有一点热气的石凳,口里喃喃地说:"你真是纯洁,你真是伟大!我比起你底一只脚也不配呵。"
>
> 过了一些时候,他突然立起来,好像从梦中醒过来一般,向四周一看便慌忙走下去了。

见到开明书店印行的初版本巴金《家》中上下两段原文，觉慧的"慌忙"方可有所依托。巴金不止一次讲过，《家》中觉慧与鸣凤恋爱是完全虚构的，作为高觉慧的原型，作者本人并没有在自己的家中爱上过一个青少年女仆人。

对中国现代文学作品较为熟悉的读者，不用查资料，就可以联想着把导致觉慧"慌忙"的"不住地去吻那似乎还有一点热气的石凳"并虔诚地自贬"我比起你的一只脚也不配"的"典源"，毫不费力地从曾经阅读过的作品系列记忆中搜寻出来，这"典源"便是把"劳工神圣"诗化的郭沫若的《雷峰塔下》"其一"：

> 雷峰塔下
> 一个锄地的老人
> 脱去了上身的棉衣
> 挂在一旁嫩桑的枝上。
> 他息着锄头，
> 举起头来看我。
> 哦，他那慈祥的眼光，
> 他那健康的黄脸，

他那斑白的须鬐，

他那筋脉隆起的金手。

我想去跪在他的面前，

叫他一声："我的爹！"

把他脚上的黄泥舔个干净。

巴金写《家》时的一九三一年，他还完全没有过恋爱的经验。由于母亲过早去世，巴金有过对一位表姐的依赖性质的崇敬，但他明确地表示是为了弥补母爱而寻求护助。我们如今读巴金描述的觉慧"吻石凳"的后来这段被删改掉的文字，觉得很幼稚，但人民文学出版社一九五三年六月印行的巴金单行本《家》的改动，仍让我们不太满足，直到稍后不久仍由人民文学出版社印行的巴金《家》中把"慌忙"改为"匆匆"，才稍觉妥帖些。

方玮德致陈梦家一信

年仅二十七岁的新月派后起之秀青年诗人方玮德，一九三五年五月九日因病去世后不久，以瞿冰森和陈梦家为主，迅速刊行了单行本《玮德纪念专刊》，虽只有三十二开本不足七十页，但用小号字排印，收入的有关方玮德纪念性质的诗文却显得十分丰富，诗文的作者几乎涵盖了健在的所有新月派诗人、作家和文人，以及方玮德的家人、友人和恋人。这本由"北平晨报承印部"出版的《玮德纪念专刊》，卷首印有一封方玮德书信的手迹，题为《玮德遗墨》，释文如下：

梦家兄尊鉴：弟一周内北上，同行人甚多，文德里人全来，住处可在六姑处打听。弟病未愈，每日吃药、打针，有全愈之希望。弟所有疾病皆自厦门得来。厦门地下而湿，蚊皆有骨，水恶不可入口，北方人往者皆病而死。弟生还幸也，然亦半死矣。闻兄已允集美之聘，甚为 兄危之。弟近阅明末史，对新诗不感兴趣者久矣。兄有信可速复。

弟玮敬启 十七

这一封方玮德的书信手迹写得很有韵味，虽使用硬笔，但在一张竖行笺纸上从右至左地竖写，没有难以辨认的潦草和连写，一笔一笔地参差落墨，错落有致、布局美观，看来方玮德好像受过行楷、魏碑等习字规范的类似于童子功的持续训练，几乎每个字都可找到书法特点。原以为没有写信时间，仔细观赏，才在"敬启"右下发现有相当秀气的"十七"两个中文数字，这就是写信的具体日子，缺年份和月份。反复阅读这一百三十多字的书信，查阅相关史料，写作年月和信中全部史实细节基本上都弄明白了。

如题目中的显示，"梦家"就是以"中国考古学家、古文字学家"附头像载录权威性质的大型工具书《辞海》的新月派后期颇有影响的青年诗人陈梦家。对中国新诗有兴趣的读者，新月派作家中的陈梦家、方玮德乃至这封书信中的"六姑"其人和"文德里"地名，都有可能熟悉到如数家珍的程度，因为这都属于普通的文学常识。

受信人陈梦家比写信人方玮德小三岁，书信行文中的五处"弟"和四处"兄"均为传统文人文字来往的礼节性习惯称谓，不可依照生活现实的尘俗交际来坐实理解。从陈梦家一九三五年八月立秋"于上海"为一九三六年三月上海时代图书公司出版的《玮德诗文集》所写"跋"中得知方玮德"二十二年春离平南下，到厦门，病发不止"，又从大象出版社二〇〇八年十二月印行的《常任侠书信集》中常任侠于一九三四年十一月二十七日写给陈梦家的信中得知，此前"足下与玮德俱北去"即陈梦家与方玮德都离开南京到北平去了。这两处可信的史实，足证这封书信就写于一九三四年，是这一年的哪月"十七"日呢？其实信末也隐藏着较为确定的时间段线索提示，即"闻兄已允集美之聘"所述写信者听说的陈梦家已答允了到厦门不远处的集美村某所学校任教这事，时间只能是该年春学期末一两月和秋学期开学之前的公历七八月份即学校放暑假时。

查方玮德的"九姑"方令孺行踪，顺带得知原来一九三四年上半年在厦门教书的方玮德一放暑假就回到了南京，住进成贤街文德里他三祖母的家。这年七八月间方玮德去上海治病近一个月，略有好转后就返南京准备九月去北平与黎锦熙的女儿黎宪初订婚。这封书信，自然只能写于"北上"之前的一九三四年八月十七日。从书信所写"弟一周内北上，同行人甚多，文德里人全来，住处可在六姑处打听"来看，方家族人把方玮德与黎宪初"订婚"视为大事。著名语言学家的千金与桐城方苞后人联姻，局外人也会认为是大事。"文德里人全来"，再一次坐实了受信人陈梦家收信时已不在他这年春学期任教的安徽芜湖或由芜湖到南京小住，已寓北平了：你在北平，我们"文德里人全来"北平的"来"字才有着落。果然，这年的暑假后陈梦家就考入燕京大学，成了容庚的研究生。

方玮德告诉陈梦家，包括他自己在内的从南京到北平的一群"文德里人"即方家族人，"住处可在六姑处打听"。这个"六姑"和"九姑"方令孺一样著名，她就是方令孺的两个胞姐中的大姐，名字叫方孝姞，"六姑"的"六"是家族这一辈的大排行。或许这个"姞"字在当年铅字的字形中没有，那时发表的回忆方玮德的文章提及"六姑"的名字时都排成了"方孝佶"。直到我的《方玮德史实补订二则》在二○○一年八月十八日上海《文汇读书周报》刊布后，方玮德的堂弟舒芜读后给该报去信订正，稍后舒芜又专门给我写了一封信，除再订正"六姑"姓名中"佸"应为"姞",还提供了方玮德其他生平史实,如舒芜介绍他与方玮德是同一个祖父的孙辈堂兄弟等,就很重要。"六姑"方孝姞当年住在北平辟才四条,与南京成贤街文德里方玮德的三祖母家和南京娃娃桥方令孺的家一样著名,都是新月派后期一伙友人熟知的地方。

书信中的内容,如末尾的"弟近阅明末史,对新诗不感兴趣者久矣"也同样重要,说明这位新月派著名青年诗人的兴趣在那时以前已经转向治史了。一九三三年十月二十七日南京《中央日报》副刊《中央公园》发表了方玮德致该副刊编者储安平一封信,题曰《在厦门》,信中写道:"我只想在这海滨的寂寞的日子里多读点书,没有什么如你们在猜想的那样有诗情勃发之致,我现在根本不再写诗,从前花那些功夫现在想来全可惜!"同刊的储安平致方玮德信中有"你去厦门有两个月了",即指一九三三年的八月下旬至十月下旬这"两个月"。"读点书",参照方玮德一九三四年八月十七日的信,就是"阅明末史"。方玮德书信中说的"厦门地下而湿,蚊皆有骨,水恶不可入口",其中"地下而湿"表示地面因为低下而潮湿、"蚊皆有骨"是说厦门的蚊子咬人很厉害、"水恶不可入口"是说厦门的饮用水不好喝，——总之，方玮德认为，就是到厦门教书谋生，把他的身体搞垮了。

这封书信以手迹形式保存至今，是很珍贵的，已经出版的相关书籍比如相关的专题"纪事"和"事辑"之类的工具书，都没有提及该信中的一些硬性史实方面的内容。至少，陈梦家收到此信的那一个时段，多出一则具体的生平事迹记录，可以更丰富所谓"纪事"和"事辑"的内涵。

林语堂的一封信

中国现代文学经典话题少不了"鲁迅与徐懋庸"这一内容，传播最为广远的当属鲁迅改定的名文《答徐懋庸并关于抗日统一战线问题》相关史实。该篇名文由徐懋庸一九三六年八月一日完整来信和鲁迅三至六日改定"答"信两部分组成。抄完徐懋庸来信后，鲁迅改定的"答"信一开始就写道："以上，是徐懋庸给我的一封信，我没有得他同意就在这里发表了，因为其中全是教训我和攻击别人的话，发表出来，并不损他的威严，而且也许正是他准备我将它发表的作品。"

五十五岁的鲁迅不经二十六岁的徐懋庸同意就公开其来信这一做法，一年多前徐懋庸本人已实施过一次。二十五岁的徐懋庸参与主编新创办的《芒种》半月刊，在创刊号上，他将四十岁的林语堂一封叮嘱"此信勿发表"的回信全文"附录"在他的《我也得带说几句》

一文中予以公布。但鲁迅没有说明他是"学徐懋庸的样",才将徐信"发表出来"的。现在看来,徐懋庸做了一件益于后世的事,他"毫无改动"地全文抄录林语堂写给他的一封信,让中国现代文学名家书信文献多出林语堂一封书信,先补加上缺失的标点符号,转抄该信如下:

懋庸先生:暨大演讲,全与吾兄无关,恐是道路传闻张大其辞耳。此讲专欲矫正文人恶习,先生必与我同情。文人有恶习,至若断章取义说我骂甲骂乙,则此篇得罪人不少矣。譬如吾说名士派不剃头不能说是骂鲁迅,名士派不扣钮不能说吾是骂邵洵美,文人好相轻不能说我是骂我自己。吾辈不幸而为文人,所处境遇何一令人乐观?然不能令人乐观,亦文人自己做得来也。文人骂政客植党而自己植党,然则中国交我救我果救得来乎?中国实在应该亡。譬如上回因周作人的两首打油诗而引起普罗之猖猖之声,然则周作人消沉宜乎不宜乎?先生亦曾表示不满。至于先生个人,弟既不肚里雪亮如来函所云,亦决无恶意或误会。吾近来脸皮甚厚,人家骂我皆不理。我做我的事,说我的话,此一服定心丸药也。

语堂　廿四年正月六日

依徐懋庸的说法，"林语堂在暨南大学讲演《作文与做人》时，也曾骂到我的"，"说他曾经是提拔我，替我介绍文章，所以我后来对他的不敬实为不该"。徐懋庸读该次林语堂"讲演"，据他自己讲是"洪子先生给如实地记下来"的，但徐文没说是手写稿还是发表了的。一直到第五十七期《论语》出版，看到林语堂"他给自己所记的讲稿"，才勃然大怒写去"质问林语堂的信"，林语堂于是回复了上录这封书信。

仅仅三十多年的中国现代文学史即通常说的"民国文学史"，充满了或许永远也理不清楚的"烂账"，"林徐"的小小纠纷看来是无法彻底说明白了。徐懋庸这篇文章中间有一段是这样说的："所谓借钱、请托谋事等等，完全是他的热昏之谈。大概他自以为有钱有势，就把我辈想像作乞怜林府的穷光蛋，用以自娱罢了。这是近于意淫一种心理现象。"紧接着是更为具体的一段："至于提拔一层，倘说《人间世》的发给各作家的约稿书统统是含有提拔的作用的，那么我也不否认，而且在此叩谢林大人的鸿恩。"

但史实原貌弄不清弄得清是另一回事,一个二十五岁的文学青年自己参与主编一份杂志,就在创刊号上向一个四十岁的前辈同行如此口气地叫阵,多多少少都让后来者看不过去。但愿《林语堂全集》和《徐懋庸全集》的编者,能悉心搜集这两位作家的全部文字,不改动地全部入集,让研究者弄个水落石出。

"叶绍钧著"疑案未了

中华书局二〇一一年组编了一套《跟大师学语文》,已印出的五本中有一本是叶圣陶的《怎样写作》。叶圣陶生前没有出版过叫《怎样写作》的这本书,是编者挑出所收其中一篇文章来重新命名的,该书开篇就是叶圣陶署原名"叶绍钧"在商务印书馆出版的《百科小丛书》第四十八种的《作文论》,后来该小册子又编入王云五主编的著名的《万有文库》,为"第一集一千种"之一。新编叶圣陶《怎样写作》编者给《作文论》来了一个题注,后半部分为题注的按语:"上海亚细亚书局于一九三五年九月出版过一本《作文概说》,也署名叶绍钧。那是出版者借用了'叶绍钧'这个名字,该书作者实际是另一个人。"

出版"也署名叶绍钧"的《作文概说》的"上海亚细亚书局",一九二七年成立,后并入一九三五年春新建的中国文化服务社,"署名叶绍钧"的《作文概说》成为其"招牌"出版物之一，比如一九九二年十二月上海辞书出版社印行的一百四十多万字的《出版词典》中"中国文化服务社"条目开首就这样介绍该社"出版《基本知识丛书》，收有吕思勉《中国民族演进史》、顾颉刚《汉代学术史略》、茅盾《汉译西洋文学名著》、叶绍钧《作文概说》等。其中的不少种先由上海亚细亚书局初版"。"署名叶绍钧"的《作文概说》就是"民国二十五年四月十日"由中国文化服务社"再版"的，三十二开，正文一百七十页，封面是叶圣陶亲笔题写的"作文概说 叶绍钧著"。

中华书局新编叶圣陶《怎样写作》为首文《作文论》题注补加的"按"语抄自叶圣陶、叶至善父子，本该明确交代的。叶至善一九七九年六月十七日写给一直研究叶圣陶的商金林说："一九三五年，有位先生写了本《作文概说》的稿子，谋求出版无门，又急需钱用，后来征得我父亲的同意，借用了叶绍钧的名字，方才换得了一笔稿费。"但一九九五年六月江苏文艺出版社印行的刘增人《叶圣陶传》"附录二"《叶圣陶著作目录》在《作文概说》后也有个括注，也是"叶至善说"："这本书不是我父亲写的，是那个书店的老板（王伯祥先生的朋友）恳求我父亲署名，以广招揽。"仍是刘增人等编著的巨卷《叶圣陶研究资料》，在著录《作文概说》也注曰"本书是著者的朋友征得著者同意借用叶绍钧的名义出版的"，意思和刚才的差不多，"著者"即《作文概说》的实际写作人。更有价值的是在一九九三年十月由华夏出版社印行的十开本《叶圣陶遗墨》第五十页右上方，找得叶圣陶亲笔在《作文概说》封面上的题字，全文为："此非我所作，而从出版社之请，且亲笔题笺，殊属不合。"最后的"殊属不合"，意思是"尤其属于不应该如此的"。

叶圣陶本人和他的儿子都这么把《作文概论》署名疑案给揭穿了，但还是没有彻底明确，比如：究竟是上海亚细亚书局的老板"恳求"叶圣陶署名呢，还是著者托王伯祥"恳求"？著者在书出后收到了"急需"的"钱"，他难道不知恩图报，在事后写一篇文章感谢王伯祥、叶圣陶？还有，至今仍有不少"正规"出版物把《作文概说》当成叶圣陶的著作，如由中国现代文学馆编、华夏出版社一九九七年一月印行的《中国现代文学百家 叶圣陶》在卷末仍将《作文概说》列入《叶圣陶主要著作书目》。包括上述的《出版词典》这些本该严谨的工具书，也采用了错误的信息写入词条。

盼望这桩小小的未了疑案，会有《作文概说》真正作者的后人或其他知情者予以揭明，以确说了结此疑案。

鲁迅邀二萧到寓吃夜饭

重庆一九三九年十月一日出版的《中苏文化》第四卷第三期上，发表了萧红刚刚写毕的万字回忆录《鲁迅先生生活散记》，副题"为纪念鲁迅先生三周祭而作"。副题中的"周"在当时就是"周年"的意思，没有漏字。萧红把该长文说成"散记"，名副其实，用实五角星符把这一万字隔为二十二个小节，每小节的内容是独立的。第二节有一千字，头一句为独语段："一九三四年十月一日的夜晚。"接下来写萧红看到的"鲁迅先生的客厅""那夜，就和鲁迅先生和许先生一道坐在长桌旁边喝茶"，以及"谈了许多关于伪满洲国的事情"，"从饭后谈起，一直谈到九点钟十点钟而后到十一点"，"一直坐到将近十二点"，才由反复留客的鲁迅送出大门口，鲁迅还用手指着门牌号嘱咐萧红"下次来记住'茶'的旁边九号"。文章开篇头一小节，就介绍了鲁迅"住在大陆新村九号"，"隔壁挂着一张很大的牌子，上面写着'茶'字"。

很显然，这一千字就是写萧红应邀在鲁迅家中"夜饭"，"饭后"一直同鲁迅聊天的事。萧红文中这次应邀赴鲁迅家"夜饭"并聊天的时间年月日俱全，连到鲁迅家门口时没有注意门牌号、告辞时已近次日凌晨都写出了。但去查鲁迅这一天的日记，却无此记载。查阅包含此节文字在内的一九四〇年七月由生活书店印行的单行本萧红《回忆鲁迅先生》，这次萧红应邀赴鲁迅家"夜饭"的时间已改为"一九三五年十月一日"；但鲁迅日记这天记下的却是"夜同广平往光陆大戏院观看《南美风光》"，不是萧红写下的先与鲁迅夫妇吃"夜饭"和饭后聊天至半夜。鲁迅的日记是实录，萧红的"回忆"也不敢轻易判定为"虚构"。

是不是萧红"回忆"的赴鲁迅家"夜饭"并聊至半夜是夏历呢？去查证，也都在鲁迅日记中找不到对应的记载。好在鲁迅写给萧红萧军即所谓"二萧"的书信都收在《鲁迅全集》中，试着去核查一下这个萧红文中所"回忆"的应邀赴鲁迅家"夜饭"并聊天的事。

要跟鲁迅"见面"，是二萧先提出来的，鲁迅一九三四年十一月三日回复萧军："见面的事，我认为可以从缓，因为部署约会的种种事，颇为麻烦，待到必要再说罢。"二十多天前的十月九日鲁迅有一封回复萧军的信中曾说到"我可以看一看的，但恐怕没工夫和本领来批评，稿可寄'上海，北四川路底、内山书店转、周豫才收'，最好是挂号，以免遗失"，当然是鲁迅已同意给二萧"看一看"他们的作品，但表明"恐怕没工夫和本领来批评"。

到了一九三四年十一月十七日回复二萧的信中，鲁迅说"工作难找，因为我没有和别人交际"，也就是拒绝了二萧想托鲁迅找一份挣钱的"工作"这差使。但二萧与鲁迅的关系仍在加深，十天后鲁迅回信与二萧商量"本月三十日（星期五）午后两点钟，你们两位可以到书店来一趟吗？小说如已抄好，也就带来，我当在那里等候"，紧接着就详细指点到"书店"即内山书店的路线。但是读鲁迅日记得知，似乎约定的"本月三十日（周五）"会见却是二萧先到内山书店，由书店派人给鲁迅送一本价值"二元五角"的日文书顺便让二萧"来访"。这次二萧"来访"发现鲁迅已"这么衰老"，回去后连写给鲁迅两信谈感受。一九三四年十二月六日鲁迅回信说："两信均收到。我知道我们见面之后，是会使你们悲哀的，我想单看我的文章，不会料到我已这么衰老。但这是自然的法则，无可奈何。"这一次"访"鲁迅，不是萧红文章写的那一次，因为鲁迅还在这封回信中回答二萧"我的孩子叫海婴"之类的琐细，足见二萧没有停留多久。

鲁迅与二萧的关系在发展，一九三四年十二月十七日鲁迅还邀请二萧参加"另外还有几个朋友"在"梁园豫菜馆吃饭"的餐聚，据鲁迅日记这次餐聚有茅盾。餐后不久二萧送给鲁迅的儿子一根"小木棒"，鲁迅在信中"代表海婴"谢谢二萧。年底二萧搬家，次年一月二十一日鲁迅回信安慰二萧"现在搬了房子，又认识了几个人（叶这人是很好的），生活比较的可以不无聊了吧"，是指年前聚餐二萧结识了鲁迅茅盾介绍的青年作家叶紫。接下来是二萧得寸进尺，要求鲁迅看他们两人的长篇小说并写序联系出版。到了一九三五年五月七日二萧已写信找鲁迅借钱，鲁迅九日回复"我这一月以来，手头很窘"，只有等有了钱"再通知"，半月后鲁迅真还把二萧"所要之数"放在内山书店让他们去取。到了七月底二萧要求再与鲁迅"见面"，鲁迅表示"因为现在天气热，而且我也真的忙一点"，建议"等几天"。到十月二十日，鲁迅致信二萧："我们确也太久不见了，在最近期内，最好是本月内，我们当设法谈谈。"不巧，十月底鲁迅又"重伤风"，只好函示二萧"等好一点"就见面。

终于，一九三五年十一月四日鲁迅写信通知二萧："我想在礼拜三（十一月六日）下午五点钟，在书店等候，你们俩先去逛公园之后，然后到店里来，同到我的寓里吃夜饭"，这便是萧红"回忆"的那一次，鲁迅该年十一月六日的日记载有"晚邀刘军及悄吟吃夜饭"。但萧红写"回忆"时已与萧军分手而同端木蕻良同居，故她的"回忆"没有写及萧军。鲁迅日记中的"刘军及悄吟"即萧军、萧红，习称"二萧"，跟鲁迅交往的这个时段他们是夫妻，所以鲁迅写信有时在信首称呼他们"伉俪"、在信尾祝他们"俪安"。

老舍《老牛破车》的序初刊何处？

篇幅长达一百多万字的《老舍文学词典》，二〇〇〇年二月由北京十月文艺出版社印行。该词典由老舍的女儿之一舒济亲任"主编"，十三个编写人员当然也都是熟悉"老舍文学"的专业研究者或者教学工作者。《老舍文学词典》第二百五十五页有"《〈老牛破车〉序》"这一词条，全文曰：

《〈老牛破车〉序》 序言。1936年秋写于青岛。发表于《老牛破车》（上海人间书屋1937年4月初版）。收入《老牛破车》各版、《老舍论创作》《老舍文集》第15卷。百余字短文，言创作经验集《老牛破车》所收文章为"自评作品"和"谈小说的技巧"两部分。

依照上录词条所说的《〈老牛破车〉序》"收入《老牛破车》各版",找来一九四九年一月"上海晨光出版公司发行"的"晨光再版"本《老牛破车》。找到的这本《老牛破车》是完好的全本,系赵家璧主编的《晨光文学丛书》第二十一种,两页"目次"分列编了序号的十四篇所收文章,不见有序的篇名。正文前,也没有见到序。

再去查阅八十多万字的两卷本《老舍年谱》修订本,这是相当严谨且下了大功夫的老舍研究专家张桂兴的著述,二〇〇五年五月由上海文艺出版社印行,在"1936年"项下有一条此内容的记载,开头这样写道:"秋 为创作经验集《老牛破车》作序。初收《老牛破车》,现收《老舍全集》第16卷。"接下去,抄录了该序的主体部分。张桂兴的《老舍年谱》只说《老牛破车》的序"初收《老牛破车》",只得再去找最早的那一版《老牛破车》。

有幸见到施蛰存的旧藏《老牛破车》,在扉页钤有一方细如丝线刻工深厚的阳文铁签印"无相厂"。这个"无相厂"中的"厂"在这里是古体字,不是"工厂"的"厂"。"无相厂"就是施蛰存斋名号"无相庵"。施蛰存的旧藏《老牛破车》,正是一九三七年四月由上海人间书屋印行的该书初版本。但仅仅只看该书目录和正文,仍然找不到"《〈老牛破车〉序》"的文章。原来,这篇短序是以整页手迹形式影印于封面上的,现今已呈淡黄色,但字字清晰,是工楷的略带魏碑字形的老舍手墨。仔细核对所见到的几种排印文本,均把老舍原迹中的"计画"改为"计划"、将文末的"廿五年秋"改为"一九三六年秋"。其实,老舍写的并不错:"计划",在那时大多写作"计画";"廿五年"就是"中华民国二十五年",即一九三六年。而且,真的都可以不去改换它们,因为这是文字书写的阶段史实原貌。

回头再查阅一九八五年七月北京十月文艺出版社印行的近一百万字的上下两卷本《老舍研究资料》,在《老舍著作目录》项下的"《老牛破车》(创作经验集)"一条,介绍了"人间书屋一九三七年四月初版;一九四一年一月三版""群益出版社一九四二年十月出版""晨光出版社一九四八年四月出版,一九四九年一月再版"后,接着的详尽目录第一文便是"内收自《序》1篇"。人间书屋的该书印本只见到了初版本,老舍的序以手迹形式印在封面右侧占去三分之二的地方,但也不是"内收"。如前所述,已见的一九四九年一月上海晨光公司再版的此书,封面已不再是老舍序文手迹，而是老舍坐姿全身照片，这个版本自然就没有"收"序文了。

好在二〇〇八年八月人民文学出版社印行的十九卷本《老舍全集》第十六卷卷首的插图页中，印有人间书屋初版《老牛破车》的封面，大致可以看清所刊序文手迹的每一个字，读者可以一睹该书序文初刊的原始面目。

郭沫若谈《阿Q正传》

郭沫若去世三天后的一九七八年六月十五日，艾芜一听到收音机广播郭沫若已经去世的消息，就立即写了《你放下的笔，我们要勇敢地拿起来》。在这篇纪念文章中，艾芜写道："一九三六年郭沫若同志从日本回到祖国的上海，一知道了这个消息，我就同任白戈同志立即去拜访他。……那一夜，他同我们谈到文学上的问题，也谈到了鲁迅先生的《阿Q正传》。"

这里，艾芜把郭沫若从日本回到"祖国的上海"的年份记错了，应该是一九三七年。具体地说，就是一九三七年十一月初，参见我的《郭沫若一九三七年十一月上旬在沪三天纪事》，此文收入中华书局二〇一三年十二月印行的拙著《旧日笺 民国文人书信考》一书中。艾芜在文中"回忆"的"那一夜"郭沫若"也谈到了鲁迅先生的《阿Q正传》"仅仅是概述，怎么谈的、谈了什么,都没有具体地讲,但是艾芜接着的"回忆"让读者充满了期待:"郭沫若同志对鲁迅先生是很尊敬的。一九三七年在上海开的鲁迅逝世一周年纪念会,他做了很重要的讲话。全文已经记不起了,但他当时作的赞美鲁迅先生的诗,却还记忆犹新。他说:'大哉鲁迅!鲁迅之前,无一鲁迅。鲁迅之后,无数鲁迅。'"艾芜这篇纪念郭沫若的文章初刊一九七八年第七期《四川文艺》,收入二〇一四年六月由四川文艺出版社等印行的十九卷本《艾芜全集》第十三卷。按照常情常理,既然郭沫若"对鲁迅先生是很尊敬的",倘若谈起"鲁迅先生"的小说代表作《阿Q正传》来,自然也是实事求是的。

过了九年,艾芜还在"回忆"这件郭沫若于一九三七年十一月上旬某天的"那一夜"谈鲁迅《阿Q正传》的事情。他在一九八七年五月二日《文艺报》副刊《原上草》公开发表的一封书信中写道:"您来信说,郭老对《阿Q正传》的看法,有意气用事之处。说的对,……但在一九三七年鲁迅先生已逝世快满一年了,人死气散,可还对《阿Q正传》不满,我认为可能在文艺思想上,是有抵触。"从艾芜日记上看,这封书信是直接写给当时《文艺报》副刊《原上草》的编辑臧小平的，臧小平是臧克家的女儿。读了艾芜这封完整的书信，仍是弄不清楚郭沫若究竟对鲁迅的《阿Q正传》具体说了些什么"意气用事"的"看法"。

再查阅已经收入十九卷本《艾芜全集》中的日记，终于得到了答案。艾芜在一九八六年四月二十日的日记再次认真地"回忆"这件事情，一整篇的日记就说它，全部抄录如下：

> 读郭沫若的自传作品，想起他一九三七年回到上海，我同任白戈、沙汀晚上去看他，谈到文学方面，他说《阿Q正传》没什么了不起，那是模仿杰克·伦敦的小说《阿Chow与阿Cho》的。为了文艺界的团结，我们都不提这件事情。但我今天在日记上不能不补出来。《阿Chow和阿Cho》这篇曾载《东方杂志》上，大概是胡愈之译的。我觉得杰克·伦敦只是深深同情两个华工，并不如阿Q概括了一代中国人的精神。郭沫若素来重视浪漫主义，不重视现实主义的作品，因而对《阿Q正传》有轻视的偏见。

艾芜在这天的日记中，把郭沫若所讲被鲁迅"模仿"的杰克·伦敦的小说《阿Chow和阿Cho》的初刊处、翻译者都写得明明白白，可以供后世的人进一步探讨。然而，艾芜写给臧小平信中讲的"您来信说，郭老对《阿Q正传》的看法"显然就是艾芜日记上写的这些，是谁告诉臧小平的呢，显然也只能是艾芜本人，因为至今还没有见到任白戈和沙汀对于这件事情的文章。"我今天在日记上不能不补出来"，在八十二岁高龄的艾芜这儿，完整公布这件事情，已经成为一桩使命。不仅有任白戈作证，日记中又添了一个证人沙汀，不知道在任白戈和沙汀的"郭老对《阿Q正传》的看法"的回忆文字中能否觅得同类述说。

《孩子剧团》的"编辑出版"

全国中文核心期刊、中国人文社会科学核心期刊《中国现代文学研究丛刊》二〇二一年第九期发表了《论孩子剧团的抗战宣传》,该文为国家社科基金重大项目"抗战大后方文学史料数据库建设研究"、重庆社会科学规划项目"抗战大后方重庆'孩子剧团'研究"、四川省教育厅人文社会科学项目"抗战时期的郭沫若与'孩子剧团'研究"的"阶段性成果"。这些抄录时省去了英文字母和阿拉伯数码混杂编号的各个科研项目编号后的称谓,表明已公开发表的这篇《论孩子剧团的抗战宣传》是很受重视且有多方经费支持的重大科研项目。

该文第二部分末段有一节这样写道:"一九四一年六月中央宣传部宣传工作提纲明确提出:'办报,办刊物,出书籍应当成为党的宣传鼓动工作中的最重要的任务。'根据这一指示，孩子剧团把报纸等现代传播媒介当作抗战宣传的主要载体，曾编辑出版《孩子剧团——从上海到武汉》一书。据《武汉文史资料》记载：'郭沫若同志为该书题了字。'"

从上录《论孩子剧团的抗战宣传》末句可知，该文作者未见过《孩子剧团——从上海到武汉》这本书。这就让人觉得太轻率了：那么好几个重大立项的科研项目全以"孩子剧团"为中心内容，却并不拥有这本书！但是，上录一节的判断推理却又那么果决：是"根据"重要文件中的"1941年6月中央宣传部宣传工作提纲明确提出"的任务，才出版这本《孩子剧团——从上海到武汉》的。

查阅一九九三年十二月福建教育出版社印行的《中国现代文学总书目》，没有《孩子剧团——从上海到武汉》的登录。再查阅湖南人民出版社印行的《中国文学编年史》现代卷，也没有找到该书出版的记载。只在大型工具书套书《民国时期总书目（1911—1949）》之"文化科学·艺术"分册的"艺术"部分"戏剧艺术"见得一则摘要，特抄录如下：

《孩子剧团——从上海到武汉》 孩子剧团编

汉口　大路书店　1938年4月初版，1938年5月再版　147页　有像　32开

内收《孩子剧团的组织及经过》《怎样管理我们自己》《我们是怎样到武汉来的》《团员小史》《团员日记》，以及适夷、慧林、茅盾、冯玉祥、郭沫若等人写的文章。书前有吴新稼的代序《几句必须要说出的话》及孩子剧团宣言、团歌、公约等。

其实，这则摘要还不如就直接过录全书目录。比如《我们是怎样到武汉来的》是系列文章的组合，由六篇依时序来写的文章组成，而且署名也各异。第一篇《出发时的公开信》，当以孩子剧团所有成员的口吻来写的，无署名，文末写作时间为"一九三七、二、一〇"，自然就是从上海出发的日子。第二篇《离开上海同离开南通》，署名"张莺"。第三篇《八天的小船生活》，署名"许立民"。第四篇《走吧！走向不知生死的运河车站》，署名"傅承谟"。第五篇《从运河车站到郑州公演》，署名"林犁田"。最后一篇《想到武汉走向武汉到了武汉》，署名"罗真理"。一共两万字的《我们是怎样到武汉来的》，结构井然，语言简练生动有条理，大多都不像十多岁的孩子们写的。但没有找

到当时的该文该书的写作修改和组编情况的现场记录，也不见当事者事后的具体回忆。但从署名"罗真理"的较长文章，换用"罗立韵"的署名以《想到武汉，走到武汉，到了武汉》为新题，收入四川少年儿童出版社一九八一年九月印行的《孩子剧团》的情况来看，当年很可能有人代笔写了署用他们"孩子剧团"的成员真实姓名发表出书。

这本《孩子剧团——从上海到武汉》，见到原书，方知书名没有破折号。规范的写法，是破折号处用空一个字表示，"从上海到武汉"为副书名。出版该书的"大路书店"就是编印发行半月刊《少年先锋》的出版社。《少年先锋》由茅盾、楼适夷、叶圣陶和宋云彬四个名作家联名主编。《孩子剧团 从上海到武汉》的出书消息曾在一九三八年第三期《少年先锋》封二以头条位置发表，当时此书尚在"印刷中"。还须补充一点，《民国时期总书目》登录《孩子剧团》这书共有"147页"有误，只看目录就可知此误，因为目录最末的《题辞》下就有"邵力子先生（一四九） 沈钧儒先生（一五〇） 吴国桢先生（一五一） 马植初先生（一五二）"！最后五页为暗码，故有此误。

艾青致S的一封信

社址在河北石家庄的花山文艺出版社一九九一年七月印行了五卷本《艾青全集》,第四卷"书信"部分头一封信是写给S的一封信。S,当然不是一个人的名字,即便弄中国现当代文学专门研究的,估计不少人也不知道这个S是谁。先将这封书信,全文抄录如下:

S:

　　接信后因即来湘,想把通讯处确定后再写信给你,一直又过去了半个月了。我来衡山,本由冰莹介绍到省立乡师教国文,昨日始晤由长沙归来之校长,谈话结果,毫无把握(据云须看教育厅拨款数再决定招考新生否,而我是来教新生的),故我是不能等待他了。你能否为我在贵校设法一下?或者别的学校?望你能帮助我。所得能维持生活就好了。我的诗集，据临走时胡风所告，出《鲁迅全集》的"复社"可承受印行，不知现在接洽妥当否？如我们下学期能在一起，我们不是可以出诗刊——这久为我们愿望未能得实现的东西？番草近已赴桂林，在某处做事，田间已历时三月无消息。我在衡山住着，每日清晨写文一两千，大半属诗论，别无他事。×××已迁移来此，故友人顿时多了起来。但我从不想到××做事，太官僚气了。一切等你回信，再谈，祝安好。

艾青

一九三八年八月十六日

艾青这封书信中的"S"，中国人民大学研究艾青的周红兴曾当面请教艾青予以落实了，艾青的答复就公开刊载于一九九一年七月文化艺术出版社印行的周红兴所著的《艾青研究与访问记》一书中，这书的第二百七十二至二百七十三页写道："我拿出艾青一九三八年八月十六日写的一封信，它发表在一九四二年六月桂林出版的《诗》月刊第三卷第二期；该刊的编者为周为、婴子和胡明树。……'信开头的S是谁？'我问。'是"树"的英文缩写，这封信是写给胡明树的，他是这个刊物的编者之一，也是我的好朋友，他是日本留学生，最早把我的诗译成日文。"文革"中受迫害，打倒"四人帮"落实政策，一高兴心脏病发作而死去。'艾青惋惜地说。"

受信人"S"弄明白之后，书信中还有几处史实也是必须加以说明才读得通全信内容的。

冰莹，就是以女兵身份投入抗战，并以自己亲身经历写成名著的《女兵十年》作者谢冰莹。番草，是艾青的老朋友著名诗人田间的同乡诗人。书信末尾的"×××已迁移来此"显然是隐去了一个人名，分析一下得知，"×××已迁移来此"和紧接着的"故友人顿时多了起来"是前后的因果关系，可以联系艾青另一篇文章的回忆，说个清楚。

写于一九八六年一月十三日的《思念胡风和田间》，艾青回忆了他"从武汉南下到湖南衡山，就碰上一九二九年到法国的同路人孙伏园，他是衡山县的县长，请我吃了一顿饭"。再读书信中的下一句"但我从不想到××做事，太官僚气了"，这两个××隐去的很可能是"县府"。一九三七年孙伏园被国民政府委派到湖南省衡山实验县担任县长，所以战争一爆发，不少孙伏园的老同学、老作者和老朋友都为了投奔他而来。艾青观察到，曾一同留学法国的老同学孙伏园做了县长后,有些"太官僚气了",只好离开衡山设法到抗战文化城的桂林去。在这封书信中,艾青是在托请胡明树代为在桂林找一个"能维持生活"就行的教书职岗,但《思念胡风和田间》一文中说是番草约他一路去了桂林,显然艾青近五十年后的回忆错了位,应该以书信为准。

戏剧节史况

北京的文化艺术出版社二〇〇九年六月印行的《中国现代文学馆馆藏珍品大系》的《信函卷》第一辑第三百〇五页，收有叶圣陶一九四八年二月二日写给巴金的书信手迹，该信说及"市立剧专将于本月戏剧节举行戏剧资料展览会"。这儿说的"戏剧节"出现在叶圣陶笔下，自然至少是中国现代文学史中的戏剧部分一个不容忽视的"名词术语"吧。但，去查阅湖南人民出版社二〇〇六年九月印行的巨卷《中国文学编年史》"现代卷"，八十五万的篇幅中在对应的时段却无一个字提及"戏剧节"！该书列入"国家社会科学基金项目"和"武汉大学人文社会科学重大攻关项目"，参与"撰稿"的人也都是专职教授和学者啊！其他应该属于权威的专业工具书如一九九〇年十二月上海辞书出版社印行的一百二十多万字的《中国现代文学词典》和一九九八年八月高等教育出版社印行的《中国现代文学大辞典》等，也都没有"戏剧节"这个词条。

其实，当时"戏剧节"这个"名词术语"即便不能说是家喻户晓，至少也是文学界中人不时被提及的一个平常词汇，如一九四四年十一月商务印书馆出版的田禽《中国戏剧史》卷末就是"三十三年戏剧节于吐气庐"，即此书是田禽一九四四年戏剧节这一天在他的书房"吐气庐"中写完的。该书还有《第六届戏剧节感言》专章，该章开篇就是"秋高气爽，一年一度的戏剧节转瞬即届。在抗战期中我们已度过了五次戏剧佳节，……"此章末尾有写作时间"三十二年十月三日"，就是说"戏剧节"到一九四三年已举办了六届。

被胡绍轩在一九九一年十二月重庆出版社印行的其专著《现代文坛风云录》中誉为"戏剧统计工程师"的石曼，写过《第一届戏剧节纪盛》，初刊一九八一年底由四川省社会科学院文学研究所和重庆地区中国抗战文艺研究会合编的"内部刊物"——《抗战文艺研究》第一期，该文最末一段追忆"第一届戏剧节的联合大公演"在一九三八年十月于重庆成功举办后，"从一九三九年到一九四一年，又度过了第二、三、四届戏剧节，其中一九三九、一九四一年的戏剧节都有较多的剧目演出",但"一九四二年国民党政府的行政院批复社会部的指令说,戏剧节'未便与国庆纪念合并举行'",于是"戏剧节"被撤销了,一九四四年"国民政府才规定二月十五日为戏剧节"。

以上抄录的毕竟都是转手叙说,也就是我们常说的"二手材料"。一九四三年四月在重庆编印的专业学术刊物《戏剧月报》第一卷第四期的卷首见到用大号楷体字发表的"本报特讯"《关于戏剧节》,二百七十字的"特讯",竟然有两种文本,后一半修改后重印了一个字条,覆盖粘贴在被改动的文字上,后来因年代久远自行脱落,好在这一片自行脱落的字条仍然夹在刊物中,无意中都成为珍贵史料,特照录供赏:

关于戏剧节

本报特讯

由中华全国戏剧节抗敌协会成立大会议决的,每年十月十日举行的戏剧节,自从去年遵奉社会部转奉行政院指令:"未便与国庆节合并举行"而撤销后,即已无形中断。后来有关当局也曾建议改为二月二日。"剧协"因改选在即,未及考虑。本年春季"剧协"新任理监事选出后,曾于第一次联席会议中首先讨论此事，经全体议决改为每年十一月十一日举行。惟此项决定尚未正式呈报主管机关备案，故今年的戏剧节（应为第六届）依然在"新旧不接"的状态中。我们一方面迫切地希望"剧协"理事会从速办理此事，一方面特将此消息告诉全国各地的戏剧工作者，共同督促"复活"的戏剧节之早日成为定案。

这是"特讯"第一个文本的全部，原刊最后四行即变粗了的字句有修改，改后的字句也全文照录如下：

管机关备案，而最近社会教育两部，忽又明令发表二月十五日为戏剧节，以致这个已经"复活"了的节日，又复动荡起来。我们于无所适从之中，只有一方面迫切地希望"剧协"理事会从速解决此事，一方面特将此消息告诉全国各地的戏剧工作者，共同督促这个"复活"的戏剧节之早日在为定案。

重庆印行的这份刊物《戏剧月报》是草纸本，我见的这一本已经被虫蛀损坏了一些，但还不缺字。估计该刊物发行量不大，导致相关研究者无法接触。《关于戏剧节》这篇"特讯"前后两稿共四百字呈示的讯息足以把"戏剧节"弄清楚了。开头引述的叶圣陶致巴金短信中的"市立剧专"是熊佛西校长的上海市戏剧专科学校,这封书信证实了至少一九四八年二月十五日在上海一所专业学校还在继续举办"戏剧节"进行戏剧活动。

萧红许广平的战时通信

先是见到重庆一九三九年一月出版的《文摘战时旬刊》第四十九号随带发行的上册《文艺副刊》第一号，由端木蕻良和靳以主编，上面刊有一封许广平写于一九三八年十二月四日的四百字残信，但受信人是两个××符号。该残信硬性内容有："希望你给我些四川纪念两周年的刊物，以光我们的贴报簿呢！这要求可过奢？还有你在重庆或随便什么地方可能写些通讯来，我们这里也有些刊物可刊载，也更愿意得知内地的消息，这是向你反攻了，看是否报我以白卷呢？……十九那天，上海找了一间小房子，集了四十多文化人，向遗像三鞠躬，大家略谈几句，振铎主席，特别报告了一个刊物叫《鲁迅》，大家很兴奋。"

过不多久，在上海一九三九年四月五日出版的《鲁迅风》第十二期上读到萧红《离乱中的作家书简》，有一千二三百字，写作时间是该年三月十四日，受信人也弄成了"X先生"。细读过后，可断定是回复许广平上述书信的。

上面引述许广平书信中的硬性内容，萧红都逐一作答，连顺序也是一致的。谈及"四川纪念两周年的刊物，以光我们的贴报簿"，萧红在书信第一段后半作了回复："再说两周年祭，重庆也开了会，……你说叫我收集一些当时的报纸，现在算起过了两个月了，但怕你的贴报簿仍没有重庆的篇幅，所以我还是在收集，以后挂号寄上。因为过时之故，所以不能收集得快，而且也怕不全。这都是我这样的年轻人做事不留心的缘故，不然何必现在收集呢？不是本来应该留起的吗？"

关于"特别报告了一个刊物叫《鲁迅》"，萧红谈得更细："名叫《鲁迅》的刊物，至今未出"，"《鲁迅》那刊物不该打算出得那样急，为的是赶二周年，因为周先生去世之后，算算自己做的事情太少，就心急起来"，"所以这刊物我始终计算着，有机会就要出的。年底看，在这一年中，各种方法，我都想，想法收集稿子，想法弄出版关系，即最后还想自己弄钱。这三条都是要紧的，尤其是关于稿子，这刊物要名实合一，要外表也漂亮，因为导师喜欢好的装修（漂亮书），因为导师的名字不敢侮辱，要选极好极好的作品，做编辑的要铁面无私，要宁缺勿乱，所以不出月刊，不出定期刊，有钱有稿就出一本，不管春夏秋冬，不管三月五月，整理好就出一本，本头要厚，出一本就是一本。载一长篇，三两篇短篇，散文一篇，诗有好的要一篇，没有好的不要。关于周先生，要每期都有关于他的文章，研究，传记……所以先想请你作传记的工作（就是写回忆文）"，"我的意思不是指定，就是请你具体的赞同。还请求茅盾先生，台静农先生……若赞同就是写稿。但这稿并不收在我手里（登出一期，再写信讨来一段），因为内地警报多，怕烧毁。文章越长越好，研究我们的导师非长文不够用。在这一年之中，大概你总可以写出几万字的"。

萧红还要洋洋洒洒抒写下去，但她突然回到了现实："就是这刊物不管怎样努力也不能出的话，那是就请你出单行本罢，我们都是要读的。"再接下去，直到书信结尾，萧红都激情挥写她对许广平写鲁迅"传记"赞美性质的期待。

萧红主办的《鲁迅》，我们至今没有见到，当然是落空了，但是萧红的这封回信却让我们知道了鲁迅去世两周年前后他的一个学生的最大心愿。许广平写给萧红书信中讲的"十九那天,上海找了一间小房子,集了四十多文化人"举行的鲁迅去世二周年秘密纪念,不仅让后世学者得知了该纪念会主持人是郑振铎,且有"四十多"个文化人参加这个在大上海的秘密聚会。我们可以再深入一步,把这上海"四十多文化人"的名单凑齐,比如《鲁迅风》的编辑团队多半会参加。而目前呢,连四十多万字的《郑振铎年谱》也查不到这一重要记载,大型的《鲁迅大词典》关于这次鲁迅去世两周年的聚会也只有非常模糊的梗概介绍。

从许广平的书信中,还可以得知之前萧红已经把她要在重庆办《鲁迅》刊物的计划告诉了许广平。这里两封书信,都是由受信人亲自交出发表的,萧红那时正跟端木蕻良在重庆同居,上海的《鲁迅风》许广平也一直大力支持。

胡适的《双橡园杂记》

无论是一九八四年一月上海人民出版社印行的三十六万字的《胡适著译系年目录与分类索引》，还是十年后由安徽教育出版社印行的更为齐全的六十万字《胡适著译系年目录》，都没有《双橡园杂记》的出书或稿本登录。但《双橡园杂记》的确是胡适的一部自编著述，连序文都有。《双橡园杂记》已写完的"杂记"有三篇，分别为《掷苏》《〈中共的策略路线〉》和《摘葚》。《掷苏》不足五百字、《摘葚》不足三百字，真是短小的"杂记"。《〈中共的策略路线〉》，近五千字，是一篇考据性质的解读文章。三篇"杂记"都显示着胡适文风的特色，即讲究事物的寻根求源、讲究考据的事理和物证，都可以让人读后开眼界的。

五百字的《掷苏》，从外国友人"送来一盒野柿子"开头，由此"使我想起我们徽州山里"的"男女孩子"几乎都有过的抛耍柿核的儿童游戏"掷苏"。胡适细述"掷苏"的规则:"人各有一袋'苏',取同数的'苏',掷在地上,白多为胜。"稍前,胡适已简介把柿核剖为两瓣,晒干后特别坚硬,背面黑色、剖面为白色。长于古音考据的胡适认为"'苏'大概是'柿核'两字的合音","读'核'如'屋'(乌入声),故'柿核'读快了成为'苏'了"。已是中年的胡适不忌讳回忆儿时的自己"身体弱,不爱跟男孩子们去'野'",就跟女孩们学会了她们爱玩的"掷苏"。

两百四五十字的《摘葚》,"杂记"实写胡适自己住的"双橡园中有桑树两棵",看到"每一棵树上足足有几千葚子",就喊"刘锴诸君"摘下来几个人"大吃一顿"。紧接下来,又是胡适的"我们家乡(绩溪)"叫桑葚为"桑树梦"的方言考据,由胡适"大概"估计的老家古音"葚",联想到尾音"掉落"变成了什么读音,再后来与"葚"同音的"甚么人"也读作"甚人"等。

第二篇"杂记"《〈中共的策略路线〉》近五千字,而且是学术性相当浓厚的考据类读后感。"李汉光先生从国内带来这一本小册子,是铅印本。封面印'极机密'三个字,首页第一行题'张浩(即林毓英)讲'",有六节。胡适认为"小册子所举史事,没有在

'西安事变'以后的事"就能"证其年代"即小册子的编写印行时间。胡适阅读后，觉得"这小册子里有一些颇老实的话"，都原文抄录在"杂记"中。考证的结果是："此小册子作于西安，其时离西安事变不很远，约在一九三七年二三月间。"胡适从这小册子中读出了最担心的思考："我们苦心维持北方教育，其时正当共产党实行这些策略，教育界的大风潮都是这样来的。"胡适对《中共的策略路线》原文照录者有约三千字，如果研究中共党史的学者找不到这份文献，胡适该"杂记"可以作为参考。

在二十世纪四十年代，六千多字足可印成一本小书，这册《双橡园杂记》自然应该是胡适的著述，而且还比较重要。说来又有点儿不可思议，这么一小册"杂论"，却被收入二〇〇一年十月由安徽教育出版社印行的八卷本《胡适日记全编》第四卷的"一九二七年"部分！

探究误收的原因，又让人觉得真是搞笑呢：原来胡适这三篇"杂记"及其"小序"，都信手写在他的长子胡祖望一九三九年九月初由上海赴美带交父亲的一个旧本子上。这个旧本子头几页有胡适一九二七年在上海记下的三篇札记，于是《胡适日记全编》的编者就派定《双橡园杂记》这本小书作为"一九二七年"的胡适日记了……然而，编者马虎，还有出版社"三审三校"的六个专门编校人员，他们在干什么？书已出版二十多年，这个误收至今还是隐藏状态，也值得反思。

胡适给三篇"杂记"取书名的头三个字"双橡园"，不见胡适自述，只在《摘葚》一文中得知胡适住的院子有两棵桑树。这时，胡适正在中国驻美大使任上，用他这年十一月十四日写给夫人江冬秀的信中的话说，胡适是"只为国家危急"而"被征调出来，不能不忍起心肠，抛家别友"，他在驻美大使任上，做了不少于国于民都有益的工作。

未曾读通的冰心一信

以主要为儿童创作称誉于世的冰心,她四十岁壮年时写的一封两百二十字的书信,却在五六个本该无差错的公开出版物排印本的释文中,连正文就有好几处一直都弄得让人读不通的地方。这封书信是一九四〇年十二月二十日写给巴金的,在书信中冰心很认真地谈了一件大事,即向巴金交代了托他为自己在开明书店出版全部著作的相关事项,先严格依照已经见到的下端略有残缺的书信手迹图片格式释文如下,竖写手迹上每行末尾脱漏的字用粗体字表示,待完整手迹图片出现再更准确地释文。

巴金:上次说将我全集及其他作品交开明付印等
　　　等,请你,**就**要有合同。从前在北新每月版
　　　税三百元,希望不再少。最好能**立即**进行。

我在妇指会言明系义务性质，且为期不过三月（**每星期去一次**）。物价贵了，有版税收入，可以仗仗腰子。原本"全集"**是为北新而作**（内有北新字样），重印当然可以。移开明后**可否**请你在原序之外，再作一序？几个字就得，我**请人**作序，还是第一次，请你同意吧！连日发热头痛，至今**未全愈**，真想昆明！馀不赘。祝著安

冰心　拜
十二月二十日

信请寄中一路嘉庐转

该封书信手迹上的内容实际上不仅文从字顺，所述事项也说得一清二楚。真不知道何以连人民文学出版社印行的《冰心书信全编》和海峡文艺出版社印行的八卷本、九卷本和十卷本《冰心全集》书信卷等专业性质很强的图书，更糟糕的是一个以公务为名几乎跑遍了全世界的福建长乐冰心文学纪念馆首任馆长兼"冰心研究专家"和"一级作家"亲自"编著"的两百万字《冰心年谱长编》引用此信正文也是让人读不通！仅举巨著《冰心年谱长编》为例：手迹上的为了捍卫巴金劳动权

益嘱其一定要与开明书店公事公办地"请你,就要有合同"(意思是"开明书店请你编我的书,你就要与书店订合同"),释文误为不知所云的"请就进行,要有合同";手迹上的"可否请你在原序之外,再作一序",释文将"可否"误为"可多"。

冰心交代巴金的事项也是一清二楚,如书信一开始说的"上次"应该就是一九四〇年十二月七日那一次的会面。据常任侠这天的日记,该日中华全国文艺界抗敌协会举行"欢迎来渝作家茶会",欢迎茅盾、巴金、冰心等先后来到重庆的几位作家。冰心从昆明来到重庆,是应宋美龄邀请在这年的十一月约二十二日乘坐飞机抵渝的,导致也住在昆明但却尚未来到战时陪都重庆的林徽因在这年十一月约中旬写给费正清夫妇的书信中酸溜溜地嘲讽"朋友'Icy Heart'却将飞往重庆去做官"。林徽因怪怪地意译"冰心"的英文名字,真是富有醋味。"做官"也是实情,就是冰心信中讲的在"妇指会"三个月的"义务性质"任职,具体说就是接替胡愈之夫人沈兹九担任"新生活运动促进总会妇女指导委员会"文化事业组的组长,任务是着手"蒋夫人文学奖金"征文评奖。这次活动大约需时三个月,故冰心说"为期不过三月(每星期去一次)"。

全信主要述说把北新书局出版的三卷本《冰心全集》移到开明书店印行的事,巴金在他编的也是三卷本但变换了书名的《冰心著作集》的"后记"头一段也说了这事:"有一天我同冰心谈起她的著作,说是应该在内地重印。她说:'这事情就托给你去办吧。'我答道:'好,让我给你重编一下。'就这样接受下来她的委托。我得到作者的同意把编好的三册书交给开明书店刊行。"巴金的"后记""一九四一年一月记"即初稿、"一九四二年十二月重写",谦谨地排在三卷本《冰心著作集》各册的卷尾,没有按照冰心的嘱咐弄成"序"置于卷首。《冰心著作集》三册中的"散文集""小说集"和"诗集",分别于一九四三年的七月、八月和九月在开明书店公开出版。

关于开明书店三卷本《冰心著作集》的版税,冰心在一九四〇年十二月三十一日仍然写给巴金的书信中改变了态度,她说:"谈到开明版税,随他一年分几次给,都行,还是依他们的惯例好。"到写这封书信的时候,冰心一家人仍然借住在友人顾一樵家中,即上录整封书信末尾的"中一路九号嘉庐"。正在多方面努力弄一处自家住的房子的冰心,向巴金表示:"等房子弄好,我自己身体好些,请你来吃吃我们自己的咖啡。"

朱君允及其《灯光》

正文只有六十六页的《灯光》，不像有的工具书上说的是"散文集"，它是女作家、教育工作者朱君允一九四二年六月在重庆的国民图书出版社印行的"诗文合集"。具体地讲，朱君允这本《灯光》分别收散文八篇、新诗一首、旧体词十九首，还有书前陈西滢序一篇和作者自己关于该书附录十九首旧体词的小序一篇，但合共也就只有两万字。

陈西滢八百字的"序"，分三个自然段。首段写"在七八年前"到朱君允北平家中见到的"主人""主妇"和"三个不同年龄的孩子"构成的"和悦的家庭"的"不易磨灭的印象"，强调"你欣羡他们的幸福"而且"以后时时会想起这人家来"。次段写"抗战发生的时候"，在成都朱君允的家时"你看见三个孩子与他们的母亲在一处，依然有说有笑，还是一个和悦的家庭",但却能察觉到"在笑乐的底下似乎蒙着一层抹不下的悲哀",而且"你不敢久坐,因为你知道这主妇明天一早还得出去做事。她得养活这一家的人。你走的时候,带去了一幅心酸的画景"。末段直接叙述"这本书的著者"朱君允在书中,或写"她回忆中的一个如何幸福的家庭",或写"当年北平文酒风流的盛事",但她却"没有只字诉说她目前的身世,和藏在心灵深处的悲痛",她"在极端困苦的环境中,她还是眼望着一线的'光',期待着'黎明'"。

动荡时代坚持理想的女性

序作者陈西滢,是著名女作家凌叔华的丈夫。朱君允是著名戏剧家熊佛西的前妻,应该是一九四〇年或者再前一些时吧,熊佛西与青年戏剧女演员叶子公开以夫妻身份同居,不再回到朱君允和三个孩子的身边来……但阅读这本诗文集,可以说熊佛西就活在这些作品的不少段落的字里行间,作者朱君允真是一句也没有责备她的前夫和他们的三个孩子的父亲!

朱君允生于一八九六年,比熊佛西大四岁,湖南常德望族出身。她的娘家,据五千字长文《姑姑》中所写,"望族"到袁世凯在任国家最高领袖时派员从"皇宫"运来极厚实的礼品包括五千两白银赠送给曾"知守湘省沅州"的五姑的丈夫即书中的"秉丈"，但却被五姑拒之门外，立即分毫不损地退回朝廷"当今皇上"袁世凯，并且马上离开京城转赴天津去打牌。

朱君允是我国较早接受现代高等教育并远赴海外留学的女性之一，二十世纪二十年代初毕业于金陵女子大学，随即赴美获硕士学位。一九四二年秋，时任武汉大学教务长的朱光潜经陈西滢荐举聘朱君允担负武汉大学附中的女生管理。据《国立武汉大学民三七级毕业纪念刊》中"教职员像"所见到朱君允照片的说明，她这时已是武汉大学的"外国文学系教授"。一九四七年武汉大学"六一惨案"后，朱君允被捕入狱三天。一九五七年初夏，不懂"政治"的朱君允居然在学校广播中发出通知，要为全校师生员工向中共中央代转申诉材料，因为她要赴京出席人代会。再加上她平时的仗义执言，得罪了学校当局的主要领导，被划为"右派"。不久，朱君允患脊椎神经瘤，几乎瘫痪。大儿子熊性美帮母亲办了退职手续，接她到自己工作的天津随住养老。但一九六六年冬，红卫兵强迫朱君允离开儿子的家，逼迫她独自返回武汉大学住进原宅厨房一角，后因冬衣被查封而仅穿秋衣受冻猝死于一九六六年十二月六日。朱君允死后十三年时,其冤案才得以改正。

生动具体的写实叙事

这本书名为《灯光》的诗文集,无论新诗还是旧体词,或者占全书大多数篇幅的八篇散文,全都是写实。散文《追念地山》写对作家许地山的"追念",主要写了几件极有情味的许地山帮熊佛西朱君允夫妇家义务做诸如清洁地板却因使用了煤油而劳而无功的趣事之细节经过,顺带写到新月派著名诗人徐志摩。朱君允认为:"朋友中有两个人对于一切,那样的不存恩怨。一个是志摩,一个是地山,这好像是个人的性格聪明。"

全书篇幅最长多达五千字的《五姑》,几乎就是朱君允娘家的望族"家史"。不仅"知守湘省沅州"的五姑丈夫耿直敬业,把"一个区区小地方官"也弄得"可以做出许多可爱的工作",就连五姑也和大教育家陶行知、晏阳初合作,在朱君允娘家的"圆桌"旁成功地开启了在当时全国范围内成功实施了二十多年的中华平民教育促进会的民众普及识字教育的伟大"发轫"。五姑的丈夫即书中的"秉丈",时任国家政府最高领袖袁世凯"极度的想利用他"而因五姑的拒绝未使其达到目的。朱君允写这些完全可以进入国家正史的涉及娘家人的行为，她的文笔竟然平凡得如同平常叙事，不像一些浅薄的拙于作文者那般惊扯扯地大呼小叫。全书不少散文包括十九首旧体词，都写到曾经共同生活且养育了三个孩子的丈夫熊佛西的农村戏剧振兴事业，朱君允并没有夹枪带棒地把"第三者"叶子顺带讨伐几句。作为一个独自带着三个孩子过活的中年妇女，要多么大的思想格局和胸怀境界才可以做到这样！至少，我真想不到女性在那个战乱年代也可以修炼得如此忍让、如此高贵和如此坚强……

卷首两千两百字的《灯光》写一家五口在北平老宅子中的幸福生活，其中有一节写丈夫熊佛西在河北正定县从事农村戏剧活动的生动描写，还写及西安事变前一些史况。第二篇文章《大沽口》写一个人带孩子在天津大沽口船上的生活，重点写孩子们在船上的活跃细节。《滇越路上》三千七百字，写独个儿带着三个孩子战时逃难的经历。《成都的冬》是四十行的新诗，基调仍然是昂扬的，没有低沉压抑的抒写。《追念地山》三千六百字，是许地山生活传记的珍贵一手材料。千字文《复活节》以女性的忍柔宽让写战时的成都，比如她说"西安脱险"而不用带敌视色彩的"西安事变"，该文最末欢快地祝贺"成都实验幼稚园"的成功建成，朱君允甚至写出"我们听得见里面的歌声笑声"。七百字的《光》和千字文《黎明》，正如序作者陈西滢所说，抒情散文诗一样美丽地憧憬着未来，毫无一个自己的丈夫已与别个女人组成家庭不再回来的多年"弃妇"的哀怨。

朱君允住在成都，她怀着文学青年一样的热情细读了巴金写成都老家的《家》和《春》，在《光》的末尾，她文学味道十足地写道："光里的声音，笑声，有时低语，好像津津有味的谭论《春》里面的人物性格，提起淑英、觉民、琴等一些名字，正对着灶口的光圈里，一对天真的小圆脸，淑英附在姊姊的肩上。她们的目光注视着灶里面的火和光……"

穿越历史的尘埃

说来真不敢相信，朱君允写作《灯光》中诗文所住的盐道街，就是我一九八三年夏从湖北襄阳调到四川出版界工作时上班的地方。一看到文末的"记于成都盐道街"这些字眼，我就很亲切，那是我埋头苦干二十五六年的地方，也是朱君允独自一人带着三个孩子住过好几年的地方。在《灯光》出版以后，朱君允还有一些作品发表，除了旧体词、散文之外，她甚至像她的三个孩子的爸爸熊佛西一样，还写了独幕剧《兄妹》，公开发表在一九四八年四月出版的《文学杂志》第二卷第十一期上。

不少爱说空话的人会说，文学史要淘汰大量的作家作品，对于被遗忘的作家作品不必打捞不必重新记起。但像朱君允这些眼泪、血肉和至诚心灵自然混凝后不得已而爆发流露出来的成熟作品，真是值得一读呢。更不用说，作为被著名戏剧家熊佛西离弃的他三个儿子的母亲，朱君允没有半句怨言地独力养大他们，这人品这文品，更值得我们关注一下。

朱君允的《灯光》是草纸本，已经黄中泛黑得很难辨认，是抗战文化的珍贵遗存。薄薄的一本，里面的内容却是丰厚的，曾经的中国最高领袖袁世凯、著名教育家陶行知和晏阳初、著名诗人徐志摩、佛性作家许地山，更不用说作者的前夫（其实朱君允并没有"后夫"）熊佛西，这些中国现代文学史乃至中国现代史人物的大量史实细节在书中闪烁活跃着……

我甚至想，可以搜寻朱君允所有发表过的作品，印一部厚厚的《朱君允文存》，把陈西滢的序作为这部大书的"代序"，附录还见得到对朱君允的回忆和研究文章。武汉大学的相关机构保存的朱君允档案中的朱氏文字，也收入。作为朱君允工作过的最后"单位"，武汉大学不要再一次地对不起这位值得我们永远纪念的女性了啊。

曾敏之不服艾芜的"抗辩"

在一九四三年九月二十四和二十五日的桂林《大公报》上,发表了署名"寒流"即二十六岁的该报记者曾敏之写的通讯《桂林作家群》。该文近四千字,作者用实地采访所得的材料具体生动地展现了三十一个作家的生存现况。写及艾芜的一段尤为精彩:"像王鲁彦这样生活的还有职业作家艾芜。他住在观音山一间板房里,最近市府要收回观音山一带的地皮,他正奔走于找一个栖息的地方。他和鲁彦一样,家中有几个小孩子在闹着要东西吃,每天,他右手携着布袋,穿着破旧的蓝布长衫,佝偻着腰,进城向朋友借钱买米。书业不景气,版税拿不到,他屡次想要改行,但又舍不了二十年来相伴的一枝笔,只好苦撑下去。他近来在埋头写一部以太平天国史料为题材的小说,已经动笔了。我问他:'当你写到天王劝人民把蕨菜当肉糜、当甘露吃的时候,你对上帝如何感谢？'我这一问，几乎问倒这位多才多艺的作家，他缀满皱纹的脸颊泛上了一丝苦笑。"

三个月之后的一九四三年十二月十日，在上海出版的第十二卷第三期《杂志》上也有一篇《桂林的作家群》，署名"徐贤"，写及艾芜的一节与"寒流"的所写完全一样。是否"寒流"和"徐贤"都是曾敏之的笔名，待考。

但是，很快就引起了艾芜的"抗辩"。这就是次年四月一日在桂林出版的第一卷第四期《当代文艺》卷首《作家生活自述特辑》中，艾芜发表的近四百字的"自述"："不久以前，桂林某报披露《桂林作家群》一文，作者某君，却在说我为生活叫苦，打算放下笔改行了。这是使我忿怒的。我断没有向人说过改行的话，而某君也没来访过我。"

那么，艾芜"自述"他的"生活"又是怎样的呢？在上引该文前后，艾芜这样写道："日本法西斯强盗打了我们六七年，而我却一直静静地住在很安全的后方。提起这点，我是非常惭愧的！那里偘好意思抱怨自己生活得不舒服？……要大声地广播一下：我个人是生活得幸福的，……我能够安全地住在后方……我用这枝笔辛勤工作的结果，偘没有到某君说的那步田地，天天向人借钱买米，我能靠工作生活的。"

对于"寒流"即曾敏之的通讯《桂林作家群》，艾芜为什么要发这么大的脾气来"抗辩"？艾芜在这近四百字的"自述"中也有交代。原来是因为"散在各地的友人，以及未谋面的读者为了这段不实的记载，曾写信来慰问，有的偕问我要不要借钱。至于日本敌人以及汪精卫的党徒，听说偕把这篇不实的访问记翻译转载，再添加些混账的话，借以宣传文艺工作者的抗战情绪，是如何如何的低落。我觉得沉默是不可以的了，……"

哎呀，桂林《大公报》发表的"寒流"即曾敏之这么一篇四千字的《桂林作家群》通讯，竟发生了如此大的作用！

然而，事涉艾芜这一节文字，得弄清楚曾敏之究竟访问过艾芜没有？暂时找不到曾敏之直接的回应文字，只在一九八二年三月由人民文学出版社印行的曾敏之《望云海》散文集中发现一篇《桂林风雨与文人》，细读该文其实就是新换一个题目的旧文《桂林作家群》，写及艾芜的一节也无内容上的改动。而且，在二〇〇八年一月由金城出版社印行的《晚晴集 曾敏之记述的人物沧桑》一书收录的《记艾芜》一文中，再一次全文摘要引述《桂林作家群》写及艾芜的一节，紧接着曾敏之还特别强调"这是艾芜穷愁困守于桂林时的真实生活，我与他常有交往"。

曾敏之生于一九一七年，比艾芜年幼十三岁，算是艾芜的晚辈。然而曾敏之在他二十六岁时被年已四十的前辈艾芜"抗辩"这一史实上，曾敏之却用反复重收旧文进入新编文集的行动，证明了他当年的通讯并没有"不实"之内容。

至于艾芜何以如此，也值得进一步查考。

《作家笔会》作者之一林拱枢

我在二〇一二年底北京《出版史料》发表《柯灵主编的〈作家笔会〉》一文，主要对该书所收文章的十六个陌生笔名予以考证；在北京姜德明研读基础上，共具体落实了九个笔名。还有七个笔名，经过七八年的接力考读，上海陈子善和马国平，又弄清楚了剩下的五个笔名。二〇二〇年八月中华书局印行的《掌故》第六集上由宋希於辛勤爬梳，弄清了"殷芜"。仅剩下一个"林拱枢"，有待索究。

八年前刚放暑假，我冒着大热起草《柯灵主编的〈作家笔会〉》时，就在初稿中感觉"写《许杰》和《李青崖》的林拱枢，或许就是本名。李青崖在大夏大学中文系讲授文学理论课程时，林拱枢坐在教室听'李老师'讲课"。引语中的"李老师"是我自己的语言，听李青崖教授的课。林文中"那时候"就是该文第一段开头说的"李青崖译的短篇小说"发表在"文学研究会这一系的刊物《小说月报》和《文学周报》上面"的"时候"。

查《小说月报》，最早刊发李青崖译"莫柏桑"的"小说"《政变的一幕》是一九二三年一月十日印行的第十四卷第一号；查《文学周报》，刊发李青崖译"柴霍甫"《翻云覆雨》是一九二八年四月二十二日印行的第六卷第十三期即总第三百一十三期。查李青崖简历，他一九二九年起到一九五〇年前，任职于上海多所大学，其间曾任"大夏大学系主任"。林拱枢"在大夏，听李青崖教授的课"应该在一九三〇年后，这可算作林拱枢的简历之一。

在《许杰》一文中，林拱枢说"大约在十五年前，我调到沪南近郊的一个学校去肄业"，就是一九二八年或一九二九年。也可以推测，让林拱枢"去肄业"的"学校"就是许杰担任教职的"一个专科学校"。此时，许杰刚写完《明日的文学》，以"张子三"笔名在现代书局出版。无疑，林拱枢在课堂上听到以"张知三"自称的这位老师谈"当时文坛上语丝社、创造社和文学研究会"等"透辟的新的理论"，也可以算作林拱枢又一段求学简历。

林拱枢写过散文，如《乳母》《姑母的头发》就分别发表在《青年友》第十二卷第四和第五期上。《青年友》一九二二年在上海创刊,是月刊,"第十二卷"也就是一九三二年前后了。从《姑母的头发》一文中,得知林拱枢的乳名叫"星恒"。林拱枢还发表过诗、故事乃至翻译文章。已见到的一篇林拱枢翻译文章题曰《哥伦布怎样发现新大陆的》,发表于一九三〇年出版的第十一卷第十一期,是他这年十月二十一日翻译的。他也翻译安徒生的童话,如第二十一卷第十一号《少年》发表的《老头子做的事情总是对的》。

更让我有兴味的,是林拱枢居然弄中国新文学史料研究,他对赵家璧主持的十卷本《中国新文学大系》中阿英编选的"史料·索引"卷专门写了一篇评论文章,题目就叫《〈史料·索引〉》,发表于《图书展望》第二卷第六期。《图书展望》一九三五年十月创刊,初为月刊,后改为季刊。

上述林拱枢发表的文章几乎都是上海出版的刊物,署名有几处直接用"上海 林拱枢",他自从在上海读书后,一直生活在上海,应该是没有问题的了。但,这个"林拱枢"究竟何方神圣?还得进一步"弄清楚"。

直到看见一九四三年上海龙文书店发行的许晚成编《上海暨全国文化机关调查录》,在第十一页发现一处登录：

宁波公报馆：

贵州路二九〇弄一六号

电话93619

电报挂号5429

总经理　陈荇荪

经理　　茹辛

总务　　冯文斌

编辑　　徐开垒　林拱枢

终于水落石出，这个"林拱枢"终于现出了真面目，他就叫林拱枢，和徐开垒一样，多半也是宁波人，年纪比徐开垒要大五六岁，大约出生于一九一五年前。林拱枢与徐开垒应该是一直来往密切的同乡和好朋友，而且业余都爱好写作。一九五九年二月八日《文汇报》还发表了林拱枢的《剪纸和春灯》一文，自然是任职《文汇报》的徐开垒约来的稿件。如果通检徐开垒的写实散文和书信日记，肯定有不少关于林拱枢的记录。总之，离彻底完工《作家笔会》收文作者笔名彻底考核的日子不会太久了。

靳以两信的写作月份

靳以的女儿章洁思费尽心血,"整理"了一厚册《靳以日记书信集》,二〇一九年八月由上海辞书出版社印行。由于年代久远,不少书信的写作时间都不完整,有一些缺年份、月份或者缺具体哪一天,也有不少书信的写作时间年月日都缺。见到这部大书后,认真通读了书信部分,感到只要多看一些相关史料,一些缺失了的书信写作的年、月或日大多都有希望准确补上,仅举两例。

第三百六十页标为"五十六 约为1944年×月21日"的一封信,是"由重庆北碚夏坝寄往重庆市内"的,是靳以写给老朋友康嗣群的,全信不长,照录如下:

嗣群兄:以为还能在城里多住两天的,忽然星一早晨有便车,便赶着回来了。知道你开会忙,未得多谭,怅甚。《战争与和平》拟再仔细阅读一次,再行奉还,初版本绝不有损分毫。近如何?念念。天又热了,今年的夏天怕要来得更早些。匆匆祝

好!

         方叙　廿一日

  书信最末的署名"方叙",依照章洁思的说法是她父亲章靳以的"学名",带上姓氏就是"章方叙"。读完全封书信,得知靳以这次自北碚的夏坝乡下进重庆城,本想"多住两天",但"忽然星一早晨有便车,便赶着回来了"。当然是一到家办完紧要的事情,就立即给老朋友康嗣群通报自己已经从城内离开,并且回到乡下了,并商请老朋友不要催着归还这一次刚在他那儿借阅的《战争与和平》,还郑重表态"绝不有损分毫"地于"再仔细阅读一次"后"奉还"。

  查老旧的年历,公元一九四四年的十二个月中,星期一为二十一日的只有二月和八月。书信正文最末一句"天又热了,今年的夏天怕要来得更早些",很直接地自然排除了八月,只剩下二月这唯一的写作时间。也因此,这封书信就只能是写于一九四四年二月二十一日。一九七九年至一九八〇年,我在重庆及其所辖的北碚住

过一年多，深知这地方是个很容易闷热的地方，所以春天未尽、夏天的热可能就提前来了。这封书信倘若没有"今年的夏天怕要来得更早些"一句，其写作月份就无法确定下来。

仍是这一页，跳过一封书信，标为"五十八　约为1945年×月26日"的一信，其"×月"比上一封书信更容易查询出来，因为信中说及一个早夭的中国现代著名散文作家"崇群"的"赙仪"一事。

这封书信正文第二段头两句为："近来生活如何？崇群赙仪一二日内当即送去，因经管此事之□□，住在对河五六里的李庄也。"此处"崇群"即缪崇群，他是这一年一九四五年的一月十五日去世的。没有见到该封书信的手迹，两个方框应该是章洁思辨识不出来的字，很可能就是主要料理缪崇群丧事的左恭，左恭字胥之。靳以这封书信的字迹，估计和他的其他书信一样也是龙飞凤舞地行草字写就，如此他笔下的"左恭"或者"胥之"，估计也都是一贯的省笔、连笔等熟练运用的快速书法模样。这样，该封书信有些字的难以辨识就是很正常的了。

曾见到左恭一九四五年一月十五日在重庆写给巴金的书信手迹，收在二〇〇九年六月文化艺术出版社印行的《中国现代文学馆馆藏珍品大系》的《信函卷》第一辑第三百二十页，该信通报"崇群今晨三时二十五分长逝于江苏医院，因医院不能久停，无法待友好齐至一瞻遗体始行安葬，爰定后日（十七日）上午九时落土。心痛笔重，容后详告"，据此可初步相信靳以说的"经管"缪崇群"赙仪"捐赠给死者遗属的赙金的人就是左恭，而死者的生前好友给死者遗属送上"赙仪"表达对于死者的哀悼之意一般也都不会拖得太久。

这么一来，该封书信的准确写作时间应该就是一九四五年一月二十六日，也就顺理遵情地落实了。

张恨水的一幅画

新华出版社二〇〇八年十二月印行的一本《张恨水情归何处》，其中"同业情"一章有一节写及"连心金兰——张友鸾"。该书作者这样描述二张即张恨水和张友鸾同时供职于重庆《新民报》时的情形："张恨水所在的经理部在七星岗，张友鸾所在的编辑部在大田湾，隔得较远，……张友鸾在重庆的住宅恰似一顶打满补丁的毡帽，张恨水赐屋名为'惨庐'。……张友鸾的一位朋友在重庆政府社会局任局长，要拉他去当主任秘书，位不高，缺甚肥。张恨水听说，心急如焚，一天去了3趟'惨庐'。最后一次去时，他带上了刚作好的一幅青山仙松图，还题写七绝一首赠予主人，意思是劝好友不要涉足官场追逐名利，应当做一位超脱凡俗的神仙。张友鸾笑着告诉客人：'你不必再费心了，我已经回绝了那位局长朋友，甘心淡泊自守一世。'张恨水如释重负，闲话了几句，取回赠画，便要告辞。张友鸾一把夺下画来，笑道：'你对小弟如此勖勉，正见交情，还是留下来做个纪念吧。'"

张友鸾二十世纪六十年代初曾在香港《大公报》开设过"友鸾杂写"专栏，专栏中有一文题曰《小说家多能作画》，后改题为《小说名家能作画》收入二〇〇五年三月北京十月文艺出版社印行的《胡子的灾难历程——张友鸾随笔选》，忆及上面摘录所说的那幅《青山仙松图》："张恨水做过华北美术学校校长，也能画几笔。……在重庆时，他在我的一个册页上画了一座山，几株松，题诗云：'托迹华巅不计年，两三松树老疑仙。莫教堕入闲樵斧，一束柴薪值几钱。'"

二十年后，张友鸾在一九八一年第一辑《新闻研究资料》发表《老大哥张恨水》一文时，最末一整段全写对那幅《青山仙松图》的"回忆"："记得一九四四年，我有个朋友做重庆伪社会局长，要找我去做主任秘书，一天到我家来了三趟。在那个社会里，贿赂公行，主任秘书就是给局长接受苞苴的，其'官'不高，其'缺'甚肥。恨水听说此事，立刻画了一幅松树送我，上面题词一首：'托迹华巅不计年，两三松树老疑仙。莫教堕入闲樵斧，一束柴薪值几钱。'他送来时，知道我已谢绝，就要把画扯去。我却觉得，互相勖勉，正见交情，还是接下来留作纪念。记此一事，不禁为之泫然感激。"

安徽文艺出版社二〇一四年七月印行的巨卷《张恨水年谱》第五百三十四页刊有这幅《青山仙松图》，细赏画幅，与张友鸾回忆的内容大体一致。画幅上半是墨山，中间留白近三分之一，画幅下半是四棵松树。张恨水在画幅左边空白处自右至左，先题"惨庐主人笑存"、次题七绝诗，末为"三十四年元月小兄恨水作于大田湾"。有了《张恨水情归何处》的一些史实细节的交代，张恨水作此幅《青山仙松图》应该是于张友鸾办公处即兴挥笔，而后补加印章。张恨水是画在张友鸾自己的"一个册页"上，所以才有"把画扯去"之说。

《张恨水情归何处》的作者是很用功的业余研究者，他在工余写了不少有价值的好文章，一点儿小小出入不影响他的文化奉献。但是失误毕竟是失误，比如叙述"张恨水听说，心急如焚，一天去了3趟'惨庐'。最后一次去时，他带上了刚作好的一幅青山仙松图，还题写七绝一首赠予主人"就很夹缠，——"张恨水所在的经理部在七星岗，张友鸾所在的编辑部在大田湾，隔得较远"，熟悉重庆的人都知道这两地相隔五六里，三个来回就是三十余里；"题写七绝"是另纸书写还是写在画幅上？等等史实细节，查看了原始画图和相关回忆，都可以弄清的，不去细心弄清，就留下了一些遗憾。

郭序茅等合译的《高尔基》

列为"国家出版基金资助项目"的"中国社会科学院重大课题"之结项成果《郭沫若年谱长编》,皇皇十六开硬精装五大卷,字数多达二百三十七万字,二〇一七年十月由中国社会科学院出版社公开印行。该书于"一九四五年六月四日"项下,有一则谱文曰:

> 以中苏文协研委会的名义,对于茅盾、戈宝权、葛一虹等人翻译《高尔基》(〔苏〕A.罗斯金著)表示感谢,并为译本作《序》,称赞译文'至为简明扼要,善能传神'。收北门出版社一九四八年版《高尔基》。

担任《郭沫若年谱长编》这一时段"谱文撰稿"的人胆子真够大,竟然完全不顾"抄袭"之嫌,几乎原封不动地整段"复制"了一九九二年十月天津人民出版社版龚济民和方仁念夫妇合编三卷本《郭沫若年谱》同一天中的文字。但是,不巧得很,被"复制"的一节又与史实不符。二十三四年前的该日郭沫若年谱的谱文,估计龚方夫妇没有见到原始史料,但二十三四年后的"中国社会科学院重大课题"的结项成果,却也不去查核可信史料,就说不过去了。

找来一本上述那个老旧版本的《高尔基》,把卷首郭沫若的四百字短序看一遍,这小册子《高尔基》的翻译、编校和出版诸问题,昭然若揭,我们来读郭沫若的"序":

> 苏联作家A.罗斯金氏所作《高尔基传》至为简明扼要,善能传神。余所见者乃一九四四年苏联外国文书籍出版局所出佛除堡氏之英译本,本译亦据此英译本而成。

> 译者茅盾,戈宝权,郁文哉,葛一虹诸兄是无须介绍的。因为要赶着在六月十八日高尔基逝世纪念日出版,故由四位朋友分担译事,各穷四五日之力而成,是值得感谢的。一二两章出于戈,三至六章出于茅,七至十一出于葛,最后两章出于郁。全

书校正,统一译名及加注等工作都由宝权兄负责,尤为感激。

中苏文化协会研究委员会开始工作仅仅一两个月,得到四位好友的协助,并得于极有文化意义之纪念日出版第一种书籍,是尤其值得感谢的。高尔基逝世纪念日,我自己或许会在莫斯科参加了,临别之前始得见四位好友的工作完成,特志此数语,兼致庆贺。

一九四五年六月四日

上引《郭沫若年谱长编》抄袭龚方夫妇谱文中"称赞译文"应为称赞"一九四四年苏联外国文书籍出版局所出佛除堡氏之英译本",郭沫若"序"的首段第二句说得一清二楚。至于茅盾等四人"据此英译本"分工翻译的中文译本是不是也是"至为简明扼要,善能传神",郭沫若未提及。郭序中还透露了一个重要相关细节,即"四位朋友分担译事,各穷四五日之力而成",而且详述具体"分担译事"。

郭序中"各穷四五日之力而成"的起讫时间也可由茅盾一九四五年五月三十日写给葛一虹的信中大体框定,因为茅盾写信这天他说已经"奉上译稿"。从已经收入《茅盾全集》的该封书信是写给葛一虹的来看，葛一虹主要负担四个译稿的分工翻译和译稿的收集归拢，在书的封面署"葛一虹 茅盾等译"，但版权页上却是完全的四个"译者"的署名。

上引《郭沫若年谱长编》谱文说此书是"北门出版社一九四八年版"也不对，郭沫若"序"明明白白写着此书"要赶着在六月十八日高尔基逝世纪念日出版"，不可以迟至三年后才出书。《高尔基》版权页是这样登录的："出版者"为"北门出版社"、"发行者"为"新中国书局"，版次依序为"一九四五年六月沪初版""一九四八年九月哈尔滨再版"和"一九四九年四月长春三版"。

有了郭沫若的"序"、有了茅盾写给葛一虹的书信，至少茅盾年谱可以增补细化的生平事迹：一九四五年五月约二十七至三十日从英文赶译A.罗斯金《高尔基》第三至第六章，于三十日译毕将译稿寄葛一虹时附信说明了相关情况。

诗人征军纪念特刊

学苑出版社二〇〇四年五月印行的五十八万字的一卷本三十二开本《新诗纪事》，一九四六年三月项下有"17日诗人征军病逝"的载录。再过九年，经过作者大幅度充实，《新诗纪事》扩充为二百六十五万多字，二〇一三年三月由人民文学出版社以巨卷上下册大十六开硬精装本《中国新诗编年史》印行，上录"17日诗人征军病逝"扩充为："17日诗人征军病逝于香港。征军，原名施君达，广东琼崖琼山县人。少年时（十余岁时）就曾参加海南岛农民革命斗争。后逃亡到上海，参加左联，加入诗歌研究会。东渡日本后，从事写作颇勤。一九四六年三月十七日，贫病死于香港，葬香港笴箕湾坟场。卒年三十三岁。著有长诗《小红痣》，诗集《蒙古的少女》和《红萝卜》。其另一诗集《燕子来自何方》，尚未出版。（1949年9月10日《文艺复兴》中国文学研究号）。"

其实，征军病逝次日，香港《华商报》"第二页"就有加粗黑线的"本版专讯"《诗人征军在港病逝 文协发起募捐治丧费》发布，全文为："诗人征军，昨日下午四时，以患急性肺结核病，在本港跑马地养和医院逝世，享年卅三岁。氏原名施启达，琼崖人，早年参加中国左翼作家联盟。曾留学日本。及归国历在上海香港各地从事文艺活动，抗战后转入内地，在桂林从事教育文化工作。迨抗战胜利，复员来港，遽尔逝世，实为中国文艺界一大损失。中华全国文艺协会港粤分会以其身后景况萧条，特发起募捐治丧费，并定期举行追悼会，氏遗作有诗集《蒙古的少女》，《红萝卜》，长诗《小红痣》等，向为文坛推誉。"对照上录《中国新诗编年史》的转引，征军本名应为"施启达"，其他生平简况也更为具体。

往后查阅该年《华商报》，三月十九日"第二页"有肩题为"宏愿未酬，死不瞑目！"的《诗人征军昨日出殡》，该"专讯"全文为："诗人征军（原名施启达）昨日出殡，下葬于本港紫湾坟场，是日清晨，天还下着雨，他的亲友和文协港粤分会同人共十余人，陆续带着花圈赶到养和医院，大家都默然无语，不久，诗人的夫人吕明女士来了，她一面行一面哭着，大家的心情早已感到无限的哀痛，此时禁不住流起泪来，十一时半入殓，大家瞻仰遗容后，随即盖棺。诗人为真理与自由而苦斗，壮志未酬，死后目尚不瞑。二时许抵达葬地，管理坟场的工人早已把墓穴挖好了，当灵柩安置土中，送殡者向之致最后敬礼的时候，大家的眼眶又红润了，诗人从此长卧青山麓下，绿水湾旁，故国虽仍多阴霾，但黎明将临，诗魂可以稍慰。"

在报道了征军葬事两天后，二十一日的《华商报》"第三页"用《港粤文协》第五期专刊全部半版篇幅辟作《征军先生逝世纪念特刊》，共发表四篇"纪念"文章。思幕《又是悲愤》从报载"官老爷们脑满肠肥，自鸣得意的丑态"联想到："使征军以及万迪鹤，王鲁彦等等贫病早死的，不正是这些恬然不以'宰相合肥天下瘦'为耻的大人先生吗？"紧接着回忆征军对写诗的勤奋和贫病，终以田汉一诗结束。吕剑《悼征军》痛忆征军"一生从事文化教育工作，一直在穷困中打发日子"，赞扬征军的诗在生前已经"得到了人们的尊重"，希望人们继续"尊重"征军作为"诗人"的"存在"，希望为征军"出版专集"，并建议"友人们应该在他墓前立一碑，上镌'诗人征军之墓'数字，以防年远草蔓，后来者无从凭吊"。吕剑的文章近千字，比思幕的文章多出三四百字。杜宣和楼栖的文章，也都只五六百字。杜宣《夜窗默眺——悼征军》写于征军病逝当夜，回忆在桂林、在香港与征军的几次接触，说征军因可怕的喉头结核而病逝，"是全人类的损失"。楼栖《不是死神开的玩笑》，在回忆征军几件事后感叹"要做一个文人也实在不容易，贫困的追逐，政治的迫害，侥幸能够活下来的又要抵抗肺结核细菌的围攻"。

应该说，对征军的纪念还是较为隆重的，本来征军生前就有不小的知名度，如一九四三年九月二十三日桂林《大公报》报道作"动向"时就有"征军夫妇去博白"的讯息。吕剑、杜宣不用介绍，都知道他们当时和此后几十年的文坛地位。思幕是复刊后的《华商报》总编辑刘思慕。楼栖，从悼文看，他是《华商报》"港粤文协"等副刊的负责人，本名邹冠群。四篇悼念文章虽然都是急就章，但细细研读，文中仍有不少硬性史实。作为大型的《中国新诗编年史》，忽略了诗人征军病逝后被如此规模的纪念史实的登录，真是一大失误。

聂绀弩和三个副刊

人民文学出版社一九八六年三月印行的聂绀弩回忆录《脚印》卷首,有一封聂绀弩书信的手迹黑白图版,字迹几乎模糊不清了,但细细辨识,还能将全信释读,照录如下。

黎丁先生:

你走,《呼吸》是一大损失,读者称赞你的文章的很多。《日本天皇》那篇,我自己就为你拍案叫绝过。以后务必寄稿来。遗失了几封信,报丁弄的,如果有你的在内,就太可惜了。《呼吸》稿费,日内可发;《茶座》却须去交涉才行。你都记得你有多少字吗?

祝好!

绀弩

这封书信字面内容有三方面的，即惋惜黎丁离开《呼吸》去了别处、告诉黎丁他在《呼吸》发表文章的稿费"日内可发"，以及他早前在《茶座》发表文章的稿费"须去交涉才行"。初看起来，就是一封纯事务性质的交代，其实弄清聂绀弩写作这封书信的前后背景，就知道也包含着并非泛泛的史实。

聂绀弩一九八二年九月二十五日在北京写了一篇题为《编第一个日报副刊》的回忆文章，开头就说"在重庆编的《商务日报》的《茶座》和《新民报》的《呼吸》，说来话长"，于是"暂且不说"，——何以谈起在重庆编副刊就"说来话长"呢，一听就可以判断是大有难以忘怀的过往，值得一说的。

这封短短的书信，反映出在不长的时段内已经有两个副刊即《茶座》和《呼吸》与聂绀弩有扯不断的关联。其实不去说多年前的《动向》和《海燕》两个刊物的遭遇，就在这个短短的时段，聂绀弩的副刊编辑生涯也是一波三折。

未编《茶座》之前，于桂林办过《力报》的张稚琴又创办了《客观》，请了储安平任主编，张稚琴叫聂绀弩去编《副页》。刚出版了五期《副页》，看到储安平在《客观》发表吹捧蒋介石的文章,火爆脾气的聂绀弩看不惯,写文章把储主编骂走了,换了吴世昌主编。到第八期《副页》赶上毛泽东来重庆,聂绀弩做主弄了一个专刊,除全文刊发《沁园春·雪》之外,还同时发表了郭沫若和柳亚子等与毛词的唱和作品,聂绀弩本人也上阵写了《毛词解》详注该词并畅谈自己的看法,结果导致整个刊物的停办。不久,一九四六年三月聂绀弩被陈国良邀请到他主持的《商务日报》编副刊《茶座》,仍好景不长。火爆脾气的聂绀弩看到国民政府抓捕了全国劳动者协会的负责人之一的之芹女士,还施与鞭刑,他加入了在报上大肆抗议并呼吁营救的团队,最终之芹女士在狱中关押三个月后得以释放。然而,可随时发表自己文章的近水楼台的副刊《茶座》编辑是当不成了,只好让给张白山来编,聂绀弩自己转到陈铭德和邓悸惺办的《新民报》副刊《呼吸》当编辑,一直到一九四七年三月。

上引那封聂绀弩写给黎丁的书信,没有写作时间,参照史实情况,当在聂绀弩上任《呼吸》副刊编辑的一二月内,即一九四六年四五月间。此时既然离开了《茶座》副刊,再回去"原单位"为自己约来稿件的作者讨要稿费,当然"须去交涉才行"。张白山,二十世纪五六十年代《文学评论》创办时，做过该刊的编辑部主任，是黎丁和聂绀弩熟悉的同行。

聂绀弩这封答复黎丁讨要稿费的回复，写在《商务日报》的公务八行笺上，很耐赏玩的随手毛笔行草书法，已经收入二〇〇四年二月武汉出版社印行的十卷本《聂绀弩全集》第九卷"序跋和书信"一卷中，该书在书信末尾的括注中给定的写作年份是"一九四六"，与本文的推断是一致的。

《下棋》中《南部新书》引文

包括标点符号在内,总共只有一千五百七十个字符的《下棋》,是梁实秋名著《雅舍小品》中名气最大、流传最广的名篇。梁实秋《下棋》最初发表于一九四七年八月三十日重庆《世纪评论》第二卷第九期,这一篇没有像之前不少"小品"那样署用笔名"子佳",而使用了本名"梁实秋"。这个初刊文本的剪贴件直接成了拟由商务印书馆在北平印行的《雅舍小品》单行本的底稿之一。但是限于当时的条件,已经排版并且由梁实秋本人看过校样的《雅舍小品》没有出书。此刻梁实秋先是南下广州,不久就定居台湾。入住台湾后,梁实秋带去的商务印书馆含有《下棋》的《雅舍小品》"二校校样"又成了台北的正中书局一九四九年十一月印行的初版《雅舍小品》底本。到了一九九三年七月,仍由台北的正中书局出版"重排本"《雅舍小品》,该书的封面上也称为"新版"。认真检读这个"新版"《雅舍小品》中的《下棋》一文,不仅初版的差错未订正,还出现了新的差错。大陆这边的多种《雅舍小品》影印本和转排本,无一不是既含有台版两个印本的老差错又不断出现新差错的劣质印本。下面,重点说一下《雅舍小品》内的《下棋》中《南部新书》引文。

引用《南部新书》的文句在《下棋》最末的第四自然段,为:"宋人笔记曾载有一段故事:'李讷仆射,性卞急,酷好奕棋,每下子安详,极于宽缓,往往躁怒作,家人辈则密以奕具陈于前,讷睹,便忻然改容,以取其子布弄,都忘其圭矣。'(南部新书)"这段引文是照抄台北的正中书局《雅舍小品》初版,"新版"中"卡急"为"卜急"。引文后括号内书名《南部新书》,是宋人钱易撰写的笔记,录考唐代和五代旧事,兼及宋代初期旧事。最早的《南部新书》分为五编,收一千多则遗事逸闻等,流传至今的该书仅存八百五十多则。

浅显的文言并不难懂,订正误植、准确补加标点符号之后的引文应该是这样的:"宋人笔记曾载有一段故事:'李讷仆射性卞急,酷好奕棋,每下子安详极,于宽缓往往躁怒作。家人辈则密以奕具陈于前,讷睹便忻然改容,以取子布奕,都忘其恚矣。'(《南部新书》）"略为解释几处文字，当更清楚引文的意思："李讷"和"讷睹"的"讷"是人名及其简称，"仆射"是官职名，相当于宰相；"卞急"就是性子急躁；"奕棋"，就是下棋，这里指下象棋；"下子"，就是经过构思在棋盘上摆弄安置棋子，与对方"交战"；"宽缓"，这儿指无棋可下的空闲时候；"陈于前"，在李讷面前摆上；"讷睹"，李讷看到；"都忘其恚"，把刚才的不愉快都忘了。

宋人的书，自然都是没有标点符号的刻本，所谓"文不加点"。被人阅读时，由读者断句读通，称之为句读。梁实秋没有写明他依据的是哪一种排印本《南部新书》，写作《下棋》时梁实秋四十三四岁，按说他的笔下不会有如此多的差错，但据手稿排字、再据初刊发表的文字排印成书，若作者不细加检读和相关的编辑校对人员又不把好文字关，就有问题了。

说《下棋》是梁实秋名著《雅舍小品》中名气最大、流传最广的名篇，没有"之一"，是因为这篇短文不仅被发行数量颇巨的《读书文摘》全文转载，甚至被中学《语文》正式课本选用过，普通大专院校的公共语文课《大学语文》也有这篇《下棋》，可惜都没有把这一处宋人引文的误植字句和不正确的标点符号订正过来。连梁实秋的女儿梁文蔷参与插图的二〇一七年五月春风文艺出版社最新印本《雅舍小品》中的《下棋》内这段宋人引文,也仍是差错依旧。

千字短文名篇《下棋》的作者梁实秋真是如他引用的宋人《南部新书》所记李讷一样地"酷好奕棋",连二十世纪四十年代末在日本工作的他的同行朋友著名女作家冰心还在东京为他"托人收集"名家棋谱呢!冰心一九四八年十月十二日回复梁实秋的信中写道:"你要吴清源和本因坊的棋谱,我已托人收集,当陆续奉寄。"冰心的这封书信,在最近一二十年间印行的三种《冰心全集》和冰心书信的集子中,都可以见到。

五十一岁的朱自清过春节

很是有些奇怪，同一作者或曰"编"或曰"著"的《朱自清年谱》，无论是安徽教育出版社一九九六年五月印行的二十四万字初版本，还是光明日报出版社二〇一〇年十一月印行的三十五万字"修订本"，在朱自清五十一岁时段一九四八年二月的七至十日都是空白，这正是中国传统大节日春节的关键四天，即腊月二十八、二十九、极为隆重的腊月三十除夕和新的农历又一年的正月初一！而且，朱自清已出版的日记内，都有着记载，先读朱自清对他五十一岁时这个春节的欢度实录：

腊月二十八即一九四八年二月七日
　　绍生　圣陶　克家　健吾　楚均
　　上午广田来，谈仇恨问题。寄《新诗杂话》。

移书籍至家。下午整理房间，心情愉快。控诉会安然无事。

腊月二十九即一九四八年二月八日
下午进城。参加王鸿图的婚礼。购物。倦甚。

腊月三十除夕即一九四八年二月九日
圣陶　蓬子　从文　孟实　士选　蕊仙
开始写有关谢通真及其画的评判用语的文章。永经来。甚忙。晚邀范叔平共进晚餐，饭后有馀兴。

大年春节正月初一即一九四八年二月十日
来拜年者二十七人，为招待宾客倦甚。下午出去拜年，不过还是忙里偷闲为昨日开始的文章写了一页纸。

要完全弄明白上录朱自清四天日记所记内容，真不容易。或许就是这个原因，《朱自清年谱》干脆一字不用，任其空白。但没有读过朱自清日记的读者就会迷糊：这个春节朱自清在干什么，怎么这四天他就人间消失了呢？我来试着解读，乞望方家教正。

腊月二十八所载五个人名，依朱自清日记惯例，或是收到他们的来信，或是给他们写信。五人中我只熟叶圣陶、臧克家和李健吾。查叶圣陶前天和昨天的日记，载有"续观佩弦所选教材"的事，是否叶圣陶给朱自清写了信交流"选教材"的意见，看不到相关书信，不敢断定。日记正文中"广田"，即李广田。《新诗杂话》是刚印出的一本书，朱自清二月三日收到三十本样书，但"寄"给谁待考。要过春节了，"下午整理房间，心情愉快"，五十一岁初度的朱自清像个孩子似的高兴。

腊月二十九，下午从城外的清华大学"进城"，"参加王鸿图的婚礼"并"购物"，已是喜气洋洋的春节气氛了。但未见"王鸿图"回忆文章，也不知此人是谁。

腊月三十即春节最重要的前奏"除夕"所记六人中，头四人依次为叶圣陶、姚蓬子、沈从文和朱光潜，不必介绍，都是文化名人；后面"士选"和"蕊仙"，毫不熟悉。这天叶圣陶日记写着："得平伯寄示慰佩弦一律，粘之。承告佩弦《不寐书怀》之前四句，'中年便宜伤哀乐，老境何当计短长。衰病常防儿辈觉，童真岂识我生忙。'其意想甚萧飒，为之不怡。"叶圣陶日记所写"佩弦"即朱自清，他很关心这位老友。日记正文凸显文人本色：朱自清大年三十的除夕开笔写一篇论画文章。除夕之夜朱自清"邀范叔平共进晚餐,饭后有馀兴",并不如老友叶圣陶担心的"不怡"。

正月初一,上午朱自清家中"来拜年者二十七人",下午他自己也"出去拜年",真是一派欢度春节的景象呢,而且"忙里偷闲"又为昨日开始的文章"写了一页纸"。

总之,以上四天朱自清所记的他一九四八年春节实况已可用"欢度"来描述了,更别说正月初二"客来贺年者共四十二人,至晚仍有客来"。然而即便贵客盈门招待颇费精神,正月初二朱自清仍然"继续写文章",直到正月初三、初四两天又赶紧写完并"修改和抄出文章",真是虽忙于热闹欢度春节,也"忙里偷闲"不忘文人本分工作。

郑常的《记朱自清先生》

毕业于燕京大学后长期从事新闻记者工作的唐振常,一九九六年十一月在北京生活·读书·新知三联书店出版了散文集《川上集》,其中《记叶圣陶先生》一文写道:"抗战结束到上海后,我只去拜望过叶先生一次。一天,忽闻朱自清先生逝世,但未得确讯,急往福州路开明书店访叶先生。叶先生告所传是真,我即请叶先生谈朱先生家世生平及二人友谊,叶先生在悲痛中详举以告。我复请朱先生的学生魏金枝先生作了一些补充,魏先生和我同住在麦伦中学,甚熟。我当天据此写成记朱自清先生及其逝世一文,载上海《大公报》,署名郑常。文题我本写《长留'背影'在人间》,编者易为《赤条条地来,赤条条地去了》,以朱自清先生穷病而死,自亦未始不可。"

转一段,唐振常深情地说"此是我和叶先生最后一面"，仍"回想访叶先生于上海开明书店楼上之时，告退，叶先生坚执送我下楼，我坚请不必，未蒙允。看见他走下那陡峭的楼梯，送我出门，如此长者之风，油然更增敬意"。唐振常此文写于一九九四年一月三日，这一年他七十二岁，除了文笔古雅、情谊朴茂，他对已去世七年的前贤叶圣陶之生平史实的细节回忆，更弥足珍贵。但是去查阅近两百万字的《叶圣陶年谱长编》，这部由人民教育出版社印行的专著在相应时段却无只字载录！有了唐振常的回忆，就可以复原这一他与叶圣陶"最后一面"也是唯一的"一面"的史实细节了。

因为年代相隔近五十年，唐振常的回忆尚须用确凿的文献来佐证。已查得署名"郑常"的《记朱自清先生》初刊一九四八年八月十五日香港《大公报》第二版，而且文末有括注"十三日于上海"。依照唐振常回忆中所讲"我当天据此写成记朱自清先生及其逝世一文"，去查证叶圣陶日记果然有"《大公报》记者来，询佩之生平"，正可以落实唐振常的回忆。上海《大公报》发表《记朱自清先生》，已是香港《大公报》发表此文的五天之后了。两千多字的《记朱自清先生》在香港发表时，用"消逝了，那亲切的'背影'"作为副标题，文章是一气刊完，中间没有用小标题分节。在上海发表时，正标题仍是《记朱自清先生》，副标题正如唐振常所忆为："赤条条地来，赤条条地去了！"香港发表时署名"本报记者 郑常"，上海发表时只署"郑常"。有了这些史实细节，"郑常"作为唐振常的笔名之一，应该成为定论载入相关的作家人名和笔名工具书。

上海《大公报》发表唐振常以"郑常"笔名写的《记朱自清先生》时，原文第一段当作小引，之后用"胃病患了十五年""教书生涯廿年如一日""著作一览""一篇《背影》传诵廿年"和"生活清苦"五个小标题。就阅读效果来看，上海《大公报》的编辑处理值得保留，不知《唐振常文集》或《唐振常全集》有无印行的希望，如有，建议据上海《大公报》文本收入此重要文章。

有了叶圣陶日记当时的载录和唐振常近五十年后的回忆，这篇初刊署名"郑常"的《记朱自清先生》，应该是五十四岁的叶圣陶和二十六岁的唐振常两人合作的关于"佩之生平"的重要文献，叶圣陶是见证人和口述者、唐振常是倾听人和记录者，还兼之于朱自清的学生魏金枝的史实补充。如此重要的署名"郑常"的《记朱自清先生》，就成为朱自清生平史实的重要文献之一，要及时让相关研究者使用。连带着，也让叶圣陶和唐振常、魏金枝等作家的实证研究，又更加丰富饱满了一些。

仅举该文头一句"四天前，叶圣陶先生收到朱自清先生公子一封信，说朱先生旧病复发，已进北大附属医院动手术"，证之于叶圣陶一九四八年八月十日的日记中所载"忽得佩弦之子来信，言乃父忽胃痛大作，入北大医院开刀"，便可将朱自清入住动手术的具体医院的准确称谓弄定，不是日记中简略随手写的"北大医院"，而是"北大附属医院"。光明日报出版社二〇一〇年十一月印行的三十五万字的《朱自清年谱》径直抄录叶圣陶日记入谱，不太妥当，应参照唐振常的"叶圣陶口述历史"相关细节补充订补一下才好，而且要对于叶圣陶的日记适当改写一下，不用引号了。

文协重庆分会三年实况

题目中的"文协"即"中华全国文艺界协会",其前身是有过八年多历史的"文抗",全称就是"中华全国文艺界抗敌协会"。不少当事人目睹过,当"文抗"决定改名,只把重庆张家花园中华全国文艺界抗敌协会旧址大门口上的牌匾中"抗敌"两字锯掉,再把两截木板拼合为一条,就成了新的机构"中华全国文艺界协会"的招牌了。从一九四五年十月十六日重庆《新民报》发表的《抗战胜利结束 全国文协易名中华文艺界协会》一文中得知,改名的事是两天前的下午郭沫若、茅盾、老舍、巴金、冯玉祥和邵力子等二十多人所开的"理监事联席会"决定的。次年即一九四六年六月,中华全国文艺界协会从重庆移往上海时,"文协重庆分会"随即自然诞生,此前因为中华全国文艺界协会总会就在重庆,没有必要再弄一个分会。中华全国文艺界协会重庆分会的日常工作,由四十三岁的沈起予主持。

沈起予开手工作,就发现这种没有较长筹备过程的超速度成立的组织,无疑"不健康",主要是前程难卜。总会撤离时留下了办公房屋,利用此条件,由"始终在旁帮助"的何其芳创办了《萌芽》,但出到第四期就"出不下去了",因为每期"一摆到店头"就被人"前来囊括而去"而导致书店老板"赔本不堪",于是"也只好自动停刊"。自办刊物因为内容被政府有关部门收缴,"只好转到报纸上去求发展",在重庆报章开办了《文艺》半月刊、《虹》和《水星》周刊,不久只剩《文艺》半月刊"尚在继续"。因为文化中心的移往上海和北平、南京,导致重庆"每月都有人走",甚至有被捕的,文协重庆分会的"会内的事务几乎完全停顿起来"。

更有"经费"的吃紧也是大问题。总会留下五十万"宝贵的基金",沈起予们"决定了不动用这老本,只用利息,但已感到这稀微的利息之不足以维持一个会址的必要开支",便设法创收,组织了一次演出,"但算账下来,虽然赚了七十万却花掉总会的五十万"!跟着要对付的,"一面物价的不断地暴腾,使会址的电水,房租等都不能按期照付,甚至邮票,信纸等也成了问题",更别说去印刷会员们的作品了。总之,这"'财'的缺乏",也就"大大地妨碍着"文艺运动上的发展。

毕竟是有追求的文人和作家,沈起予们"在沉默中以埋头写作或作有意义的文献的翻译来抵抗了"不少"勾当",如对"黄色小报"和"反动报纸的副刊"用"甘言魅语"所进行的约稿的拒绝。到一九四九年春,所谓的"文协重庆分会"只剩下"三四个人"了,不久政府有关部门"取完全断绝交通的方法,将重庆的百万市民禁锢了两天两夜,将沙坪坝、小龙坎的学校区的市民与学生包围了四五天之久,这以后,重庆分会就完全进入了冬眠状态"。

以上的内容,剪接自一九四九年六月二日在北平出版的《文艺报》第五期刊登的沈起予《重庆文协分会文艺活动概况》一文。这份只出了十三期的《文艺报》,是这年中华全国文学艺术工作者代表大会筹备委员会编印的,五月四日创刊,出到七月二十八日停刊。后来公开出版的《文艺报》,与这内印周刊是两码事。

研究中国现代文学史,最缺乏的是当年历史实况很难让后学者完全知道,上面引述的沈起予的"现场书写",虽然也有极个别的"费词",但却整体呈现了不足三年的"文协重庆分会"的真貌,做一回"文抄公"也是必要的。

流沙河的笔名

巨卷《中国现代文学作者笔名录》一九八八年十二月由湖南文艺出版社印行，编者是很认真的学者，但第五百七十七页"流沙河"条目却等于没有内容，照录如下：

> 流沙河（1931.11.11.— ）四川金堂人
> 原名：余勋坦。

卒年现在可以补入"2019.11.23."，但"原名"余勋坦这位"文学作者"除传世笔名"流沙河"外还用过哪些笔名呢？弄清楚这个小小问题其作用倒是不小，比如编印出版《流沙河全集》、撰写详尽的《流沙河年谱》和《流沙河著译编目》就离不开这个小工程全面准确的成果。

从流沙河自述中得知他的传世笔名最初是"流

沙"，后来因为发现已经有人用过这个笔名，于是增补一个"河"字成"流沙河"。那时他尚未读过《西游记》，不知道此"流沙河"是恶水之名。但"流沙"究竟最早用于发表什么作品，却无人去调研，流沙河自己也没有具体释说过。查阅旧报刊，得见一九四九年八月十八日成都《建设日报》副刊《指向》载有署名"流沙"的短诗《渡》，三节共十一行。这个副刊的编者木斧就是我在四川文艺出版社工作时的老领导杨莆，我曾请教过杨老师，他确认流沙《渡》是经他之手才发表的，而且"流沙"确属余勋坦当时投稿署用的笔名。

　　写于一九八一年七月二十四日的《流沙河自传》收在次年十二月上海文艺出版社初版印行的《流沙河诗集》卷首，其中说："当时成都有一家进步的《西方日报》，报社里有好些地下党的同志在工作。一九四八年秋季我向该报投稿，报道校园生活，多次刊用。在该报副刊上发表了我的第一个短篇小说《折扣》，侧写一位老师的困苦生活。说来惭愧，构思借自二十年代女作家黄庐隐的一个短篇小说，只能算是摹拟之作。"查阅此旧报，这篇《折扣》仅六百八十多个字，署名"雪影"，刊于一九四八年十二月二十七日成都《西方日报》副刊《西苑》。该作品落款为"十二，二十一，于省立XX中学","省立XX中学"即《流沙河自传》里的"四川省立成都中学",流沙河当时就读于该校高中部。有趣的是,在流沙河参与编辑《星星》诗刊的时段,我已经发现这家月刊一九八二年的十一月、十二月和一九八三年十月均有署名"雪影"的多首新诗,或发表在"新星"栏,或干脆发表在"女作者之页"栏。这是一个文案,究竟另有"雪影"其人,还是流沙河这位编者在开玩笑地"制造笔名悬案",与以后的学者做智力游戏?待考,尤其是要找到流沙河这些署名的诗作手稿,才能定论。

成都《草地》月刊一九五七年六月号发表过署名"绿芳"的《也谈〈有的人〉》,反右时四川省文联编印的《四川省文艺界大鸣大放大争集》第二百三十七页明确指出这个"绿芳"就是流沙河,虽含有恶意揭发的用意,却落实了流沙河的再一个笔名。

谭兴国生前自印的《草木篇事件的前前后后》第九十六页,揭示《星星》总第二期上的《我对着金丝雀观看了好久》是流沙河的诗作,这首诗署名"长风"。无疑地,这个"长风"再为流沙河笔名增加了一个。循此,一九五七年第六期《星星》发表的署名"长风"的《峡谷灯火(外1首)》自然也是流沙河的作品、一九八一年第六期《星星》发表的署名"长风"的新诗《榆钱》，当然也是流沙河的作品。容易让不熟悉流沙河笔名详况的读者迷糊的情况也多，如一九八七年第十二期《星星》诗歌月刊重发一组《星星三十年抒情短诗佳作选》同时收入署名"流沙河"和"长风"的作品，就该注明一下，这个"长风"就是流沙河。此《星星三十年抒情短诗佳作选》收入的署名"长风"的为《步步高升》，正是反右运动时饱受批判的流沙河诗作之一。

流沙河有一篇自述《我的交代》，虽然写于一九五七年八月，但基本史实还应该予以认定。其中写道：在《星星》总第四期上，"我化名陶任先发了《风向针》"。《风向针》是一首短诗，流沙河的当时的自述当然是铁定的史实。更有趣的是，在"陶任先"之后流沙河加了一个括注"即'讨人嫌'的谐音"。这个"陶任先"的笔名，《星星》复刊后，流沙河以编辑的身份在该刊《诗歌服务台》写答读者问时还使用过，在文末用括注另行印出"解答者：陶任先"。

供职《星星》复刊后的时段，流沙河除了用传世笔名发表大量文章，也用新的笔名至少在《星星》上陆续还发表了不少东西。已经查证了的，比如用"张弛"的笔名发表《听流沙河讲诗》，就是明显一例。署名"张弛"的《听流沙河讲诗》，虚拟"对话人"三个即"小孙""大钱"和"老赵"，开头的介绍"对话人"便是流沙河的典型文风："小孙：初学写作者　大钱：'吹毛求疵'者　老赵：'不偏不倚'者。"再细读全文，尤其对流沙河作品短项的放肆评说，既准确又入木三分"骂亦精"，非流沙河自己，无人可以写出。

在《星星》复刊后，署名"沈美兰"对"台岛女诗人"新诗等作品的赏析短文都是出自流沙河之手。"沈美兰"者，即"欣赏这些美好诗歌的，是一个男人"。四川土话方言中，"男"和"兰"是一个读音，因为四川土话方言中的鼻音、边音没有严格的区别。

流沙河的笔名还有哪些，随着研究的深入，将会有新的增补。可以断定，上述几个绝不会是流沙河使用过的全部笔名。比如，因为工作需要阅读幸存的流沙河日记，在一九七二年九月十二日这一天读到他写下的"我从前用笔名也姓过林"，就是一个线索，也又多出一个笔名。但是，确定这一个"姓过林"的"笔名"要付出的劳动量会有多大，我真是无法预测。

重庆的《大众文艺》

由潘旭澜主编、江苏文艺出版社一九九三年三月印行的《新中国文学词典》"刊物 报纸"类栏中收有《大众文艺》条目,在第四十五页:"大众文艺 综合性文艺半月刊。四川重庆市文联筹备委员会主办;第二卷第七期起改由重庆市文联筹委会主办。一九五〇年五月创刊于重庆。《大众文艺》编委会编辑。刊登小说、散文、诗歌、戏剧、曲艺,以及演唱材料。此外,发表西南行政区军政领导人关于文艺工作的讲话,西南文艺活动动态消息。至一九五一年二月第二卷第十一、十二期合刊停刊。"

复旦大学中文系中国当代文学教研人员执笔合编的这部一百八十万字巨卷《新中国文学词典》,是这二十多年被普遍认为质量可靠的专业工具书,但哪怕仅仅四十二三年的"当代"文学史实,其涉及范围也是难以逐一彻底全弄清楚的。上录关于《大众文艺》条目行文，就有不少失误：如"半月刊"就不全对，《大众文艺》最初半年即第一卷共六期虽是月刊，但第五期因"整风和自查"就延期一月；第二卷也不是全为"半月刊"，二月二十日出版了事实上的第二卷也不是全为"半月刊"，二月二十日出版了事实上的第十一期后，六月十二日才出第十二期，隔了四个月！

说"事实上的第十一期"，又订正了《新中国文学词典》最末一句的叙述失误。见到《大众文艺》杂志实物，方知"1951年2月第11、12期合刊"的"第11、12期合刊"不确，应为"第十一期"，因为以《大众文艺》名称印行的最后一期明明白白标示着"第二卷第十二期"。再往前，一九五一年五月十日印行的《大众文艺》的卷期编号"第二卷第十、十一期"也应视为误编，应以"第二卷第十期"的事实上的卷期来登录，同时予以说明。

说《大众文艺》"停刊"，也是叙述失误，其因仍是编写者未见到原始期刊实物。如上所讲，《大众文艺》在一九五一年二月二十日印行标示为"第二卷第十一、十二期"的刊物后，接着印了准确标示的该刊"第二卷第十二期"，虽延期四个月，但照常标为

"半月刊"。就在这一期《大众文艺》封底，刊载了大号字套红的满页"启事"，标题是《为〈大众文艺〉改名〈西南文艺〉筹备出版启事》，肩题是并列署名单位交代，即"西南区文联筹备委员会"和"重庆市文学艺术界联合会"。该"启事"先公布原《大众文艺》决定"由西南区文学艺术界联合会筹备委员会接编"，"并改名《西南文艺》"；早前编《大众文艺》的重庆市文学艺术界联合会筹备委员会"编辑《说古唱今》通俗文艺刊物"；稍嫌啰唆地宣布"因此决定《大众文艺》出至二卷十二期（总号十八期）止，即行改名《西南文艺》出版"。

如此，潘旭澜主编的《新中国文学词典》第四百一十一页"《西南文艺》"条目所叙该刊"中国作协重庆分会主办。1951年10月创刊于重庆"也得以具体史实为依据，比如不是"创刊"而是由《大众文艺》改名而来。从最初的一共印行了十八期的《大众文艺》启始，一九五一年十月改名为《西南文艺》、一九五六年七月改名为《红岩》、一九五九年十月《红岩》与《草地》合并改名为《峨眉》移至成都出版、一九六〇年五月再改名为《四川文学》、一九七三年一月改名为《四川文艺》、一九七九年一月再改回《四川文学》，追风使用了几年的《现代作家》刊名后,最终改回《四川文学》出版至今。

即便一个省份的沿革几十年的一家不断改名的刊物要彻底"弄清楚"写入"词典",真得耐烦地细细查阅着一大堆原始刊物梳理核实方可确保无误地叙说原委。

郭沫若的《"六一"颂》

新中国成立后第一个儿童节次日即六月二日,郭沫若在《人民日报》和《光明日报》同时发表了三十二行分为四节的新诗《"六一"颂》。两部史料专辑中本该权威的《郭沫若著译系年》,都登录此诗写于"一九五〇年五月底";初收该诗入集的一九五三年三月人民文学出版社印行的《新华颂》更宽泛地在诗末注为"一九五〇年五月"。

有幸读到《淮阴师专学报》一九八〇年增刊《活页文史丛刊》第三十二号上发表的吴宫草与郭沫若往来书信,《"六一"颂》的准确写作时间就水落石出了。郭沫若一九五〇年六月四日复吴宫草的信中写道:"《'六一'颂》是在到会之前二三十分钟内赶写出来的。那天九点钟,高教会开幕,非去参加不可,但儿童节筹备处却打来电话也要我非去不可。我因此赶写了那么一首诗。在我的意思，在儿童面前去演说，倒不如用韵文去朗诵，会更有效些。照当天会场上的反映看来，小朋友们似乎很能接受。同样的诗，我在师大二附小也去朗诵了一遍，我有四个孩子在那儿念书，他们回来，我问了问，也说能懂。"

专门考索郭沫若《"六一"颂》史实的一篇长文，两次写及该诗在收入一九五七年三月人民出版社印行的《沫若文集》第二卷时，由发表时的三十二行四节改删得"只有三节二十六行了"，二〇一七年十月由中国社会科学出版社印行的五卷本《郭沫若年谱长编》说此诗收入"一九五三年一月出版的《新华颂》，有较大改动"。考索长文将《"六一"颂》的修改延缓了四年、《郭沫若年谱长编》将初收《"六一"颂》的《新华颂》出版时间提前了两个月，都远离了史实学者的严谨。

发表时的《"六一"颂》文本，就是郭沫若两次亲自向小朋友朗诵的抄录本，在回复吴宫草的信中，郭沫若写道："'世界保卫和平'下，我的原稿上本来有'运动'两个字的，大抵是抄稿的人写掉了。"所说抄稿人"写掉了"两个字即"运动"的诗句即发表稿第三节第三句"世界保卫和平正在风起云涌"，后来被改为"保卫世界和平的运动正在风起云涌"。改动的地方，还有"添花锦上"改为"锦上添花"、"三二十年"改为"二三十年"以及"原子武器"改为"大量杀人的武器"三处。删去的有原第二节末行"全世界也都长成得和苏联一样",还有第三节末两行即"对于儿童要保重,保重,第三个保重"与"要使新时代的儿童都成为斯大林,毛泽东",连同整个原第四节即最末一节的三行口号:"斯大林元帅万岁!毛泽东主席万岁!未来的斯大林,毛泽东万岁!"

就在发表《"六一"颂》的当天晚间,在北京工作的吴宫草立即写了直击该诗多种问题长近三千字的信寄给郭沫若,郭沫若也虚怀若谷,立即细心阅读吴信,认真写了千余字的答辩回信,并连同吴宫草来信原件,于吴宫草限定的六月六日"教师节"前确保他收到回信。不仅一千多字的回信,郭沫若认真答辩,在吴信关键句子旁还有几处批注。使我们高兴的,这两封关于郭沫若《"六一"颂》的来往书信原件,至今仍保存在吴宫草哲嗣处。

给郭沫若写信"直击"其诗《"六一"颂》多种问题并催促郭沫若对该诗作了修改的吴宫草,就是生于一九一三年、卒于二〇〇四年的诗人、学者吴奔星教授,他生命最后时段岁月在南京师范大学度过的,他是著名的中国现代文学研究家。希望以后出版的《郭沫若书信集》能全文收进上述郭沫若回复吴奔星的那封重要书信，也将吴奔星当年以"吴宫草"全名致郭沫若直击《"六一"颂》的长信作为重要文献附录于郭信后，让后来者对郭沫若《"六一"颂》的文本演变有更全面的了解。

老舍写给巴金的两纸便条

大象出版社二〇〇八年四月印行了一本多人书信合集《写给巴金》，其中有老舍"写给巴金"的两纸便条，正文合共也就五十多字。有月和日写作时间的便条，已见到本身并没有笔误的手迹，将《写给巴金》释文误辨的"立平"订正为"亚平"，依照手迹的固有格式抄录，全文如下：

巴金兄：明天中午在全聚德请您吃烤鸭，有梅博士及王瑶卿老人等，务请赏光。祝安！

          弟 舍 六月十日
    亚平 李伯钊 赵树理

该纸便条写罢，在写作月日的后面分别签名的是诗人王亚平、戏剧家李伯钊（杨尚昆的夫人）和写过著名短篇小说《小二黑结婚》的作家赵树理。王亚平、李伯钊、赵树理和老舍此时都属于北京市文学艺术工作者联合会，算是这个"单位"请巴金等人"吃烤鸭"。便条中的"梅博士"是梅兰芳，"王瑶卿"与梅兰芳一样也是表演艺术家。

查巴金和赵树理的行踪，此处"六月十日"即一九五〇年六月十日。这个时段定居上海的巴金赴北京参加政协第一届全国委员会第二次会议，十日晚毛泽东宴请与会知名人士，老舍、王亚平、李伯钊、赵树理、巴金等均被邀请，上录便条应该就是老舍在宴桌上同王亚平、李伯钊和赵树理商量后写下的，四人签名后着人传递到不在同一个宴桌的巴金的。之所以由老舍亲笔写便条并首先签名，是因为他此时已正式担任北京市文学艺术工作者联合会的主席了，而李伯钊和赵树理为该会副主席，王亚平为秘书长。

另一纸便条不仅没有写作的年月日，连抬头的"巴金"也没有，但善于保存作家同行手迹的巴金还是和上一纸便条同时带回上海并珍藏至今。这便条全文为"会后我预备上琉璃厂，您愿同去否？若同去，咱们可顺手吃小馆。舍"。人民文学出版社二〇〇八年八月印行的十九卷本《老舍全集》第十五卷"书信"辑收入了这纸便条，写作时间为"五十年代初",仍等于没有写作时间。

查阅也参加了这政协第一届全国委员会第二次会议的叶圣陶的日记,得知该次会议一九五〇年六月二十三日"为闭幕之日",下午"五点半散"。又查阅幸存的老舍日记,得见他这一天的日记写着:"大会闭会。晚到振铎家。"

有了以上三件文献互证互补,可试着将又一纸老舍"写给巴金"的便条由"天书"般的内容落实到具体:这又一纸便条就写于一九五〇年六月二十三日下午会议闭幕式结束之前,仍是写好后着人传递到也在会场的巴金手中。在没有更强力的史料被发现之前,可以有两种推知:其一,会议闭幕式一结束,巴金与老舍会合先去琉璃厂逛书店,"顺手吃小馆"后已是晚间,又一起赴郑振铎家小坐;其二,会议闭幕式一结束,老舍与巴金一起约上也爱买旧书的郑振铎,共逛琉璃厂"吃小馆"后,再随郑振铎到他家中小坐。

第二纸老舍"写给巴金"的便条,在两位作家的惯常友谊中,上述推论不算离谱。希望郑振铎的日记还能找得出这一天的登录,或者希望发现上述便条的人能回忆一下,这两纸便条是不是放在一处、纸张发黄破旧的颜色是否大体一样,就能证实上面的推论了。

巴金和老舍自结识到两人的生命结束，都始终友好，却只留下这么两纸字条，我们作为后学如果对其最基本的写作时间都搞不清，也太丢人了……

中央文学研究所开学典礼

被列为"国家社会科学基金项目"和"武汉大学人文社会重大攻关项目"的《中国文学编年史·当代卷》,二〇〇六年九月由湖南人民出版社印行,大十六开硬精装,外观形式上和《辞海》一般庄严。关于"中央文学讲习所开学典礼",该书在"一九五一年一月八日"项下,写道:"中央文学研究所举行开学典礼,郭沫若、茅盾、周扬等出席。"这里的登录,不仅没有注明史料出处,也不够具体,比如这个"开学典礼"是上午还是下午,估计是可以弄清楚的,也应该弄清楚,因为涉及郭沫若、茅盾两个大作家以及丁玲等好几个著名作家了。

连连查阅郭沫若、茅盾和"中央文学讲习所"所长丁玲的大型年谱,也都和上录《中国文学编年史·当代卷》一样地模糊。其实,一九五一年一月十三日《人民

日报》详细报道了这个"中央文学讲习所开学典礼",将相关内容撮录如下:

> 一月八日早晨大雪纷纷下着,在北京鼓楼东大街一座朱红油漆大门的中国式房子大门前挂着两面很大的国旗,中央文学研究所今天举行第一个开学典礼。到会的有郭沫若、茅盾、周扬、沙可夫、李伯钊、李广田等。会议室里五十一位研究员和来宾们坐在一起,丁玲将研究所创办的经过、现在的情况和今后研究的步骤向大家作了介绍,会议一直开到中午。吃过中饭,把客人送走以后,丁玲、张天翼又和研究所同志们一起,用许多生动的具体的例子,说明应该怎样更好地提高思想和提高革命文艺工作者的品质,来完成每个人在文学上的事业。

从这篇报道中,还得知这五十一个"研究员",是从去年八月初开始从各地区、各部队"征调"集拢来的,去年十月起进行了两个月临时学习。紧接着,报道还详细介绍了这些"研究员"的住宿情况以及文学研究所规定的各人学习计划和任务,总目标是争取全体"研究员"在学习两年合共完成一百五十万至二百万字的创作,而后毕业。

读了《人民日报》的相关报道,仍不十分清楚这个"中央文学讲习所开学典礼"的一些关键节点。《茅盾年谱》载曰"八日 前往中央文学研究所参加开学典礼,并致词"、《郭沫若年谱》载曰"8日 晨,出席中央文学研究所开学典礼,并讲话"、《丁玲年谱》载曰"8日,出席中央文学研究所第一期开学典礼,致开幕词。郭沫若、茅盾、周扬出席典礼并致贺词。田间任秘书长。学员有徐光耀、玛拉沁夫和刘真"。领导班子为:丁玲任所长、张天翼任副所长、田间任秘书长、康濯任副秘书长、马烽任党支部书记。这些人,无疑都出席了开学典礼。

读到张天翼《关心和注意的方面》,副题为"在中央文学研究所谈",收在一九五八年十月作家出版社印行的张天翼文集单行本《文学杂评》卷首。有了《人民日报》报道的现场纪实,这篇文章就是张天翼一九五一年一月八日下午"在中央文学研究所谈"的内容之整理稿,完全可以确定下来。张天翼该文一开始就说"上午,郭老告诉我们,我们面前有无尽的矿藏,可以让我们去开采",也点明了郭沫若在这天上午开学典礼的讲话要点之一。接下来,张天翼随口举例"今天开学典礼"坐实了他这文章就是一月八日下午的讲话稿。更为可喜的，是张天翼在后面的文章中说到"同志们最近读过了几篇唐宋传奇"，当然就是开学典礼前的"两个月临时学习"的功课之一了。

由丁玲担任所长的中央文学研究所，前后共招收了四期学员。丁玲一九五三年九月辞去该所所长职务。一九五四年二月，该所改名为"中国作家协会文学讲习所"，一九五七年十一月中旬，该所停办。

六作家"座谈宪法草案"的时间

北京《文艺学习》是新中国成立之初一份创刊不久的月刊,到一九五四年七月二十七日出版的第四期也才是总第四期。该期的封面照片内容是"作家们座谈宪法草案",封二的目录标明了这个照片题目。在紧接着的括注中还注明照片中的"作家们"是"左起:赵树理、艾芜、周立波、胡风、康濯、白朗",照片署"新华社郑小箴摄"。

然而,六个作家"座谈宪法草案",具体是哪一整天、还是只有哪一天的上午或下午呢?六个作家"座谈"的"宪法草案"即《中华人民共和国宪法草案》的标题后,也紧跟着一个括注:一九五四年六月十四日中央人民政府委员会第三十次会议通过。这个括注给六个作家"座谈宪法草案"提示了不能早于它的时间界限,即只能是该年六月十五日以后。《文艺学习》是月刊,当时是铅字人工排版，加上编校、印刷和装订，应该不少于二十天，即该期截稿时间当在七月七日前后两三天。但这些推算，都不能把六个作家"座谈宪法草案"的时间给框定出来，还得去找直接相关的史料线索。

在这年七月三十日出版的半月刊《文艺报》第十四号《国内文讯》专栏中，第一条是根据"《人民日报》讯"转载的"文讯"，曰："中央文化部所属各个文艺单位，在党委的统一领导下，正有计划地进行政治理论学习。……从今年七月一日起，各单位已转入宪法草案的学习和讨论。"有了这个权威的"文讯"，六位作家"座谈宪法草案"的时间已逐渐明晰，应该是一九五四年"七月一日起"的那几天。因为这个"座谈"是事关政治大局的严谨活动，一般不能延迟，只能尽快及时实施。还有《文艺学习》总第四期的齐清定的全部文稿交到印刷厂印制的最迟时间限制，也只可能是七月头一周。

查阅一九九四年二月北岳文艺出版社印行的董大中五十多万字的《赵树理年谱》修订本，一九五四年六月十七日至七月十五日这一段时间是空白，没有赵树理行踪事迹哪怕一个字的载录。再去查四川文艺出版社等二〇一四年六月印行的十九卷本《艾芜全集》第十六卷所收艾芜一九五四年的日记，七月一日至九月三日没有记录。手头没有周立波、康濯和白朗这三个作家的日记和年谱，无法查证。

再试着去查一查湖北人民出版社一九九九年一月印行的十卷本《胡风全集》第十卷"日记"卷，本来不抱希望的，因为印象中胡风的日记都是极其简略的记事，没想到偏偏在一九五四年七月三日的日记中就明确地记载了"下午，参加作协宪法讨论会"这一件活动的具体内容。这样一来，就把《文艺学习》该年第四期封面这幅照片的拍摄时间弄确定了，拍摄的时间当然就是照片中人物活动的时间，而且连具体的"下午"也给现场记录了下来。

如此，我们可以明确地知道：六个作家即赵树理、艾芜、周立波、胡风、康濯和白朗各自的年谱在一九五四年七月三日这一天的下午都有具体的事迹登录了，即他们都在参加"中央文化部所属各个文艺单位，在党委的统一领导下"的《中华人民共和国宪法草案》座谈会，是中国作家协会组织的，他们被分在一个小组。比如艾芜一九五四年七月三日的年谱，就可以补入："下午参加中国作家协会组织的《中华人民共和国宪法草案（一九五四年六月十四日中央人民政府委员会第三十次会议通过）》学习座谈会，与赵树理、周立波、胡风、康濯和白朗在一个小组。参见胡风该日的日记以及该年七月号即总第四期《文艺学习》封面摄影并目录中的封面照片说明。"

作家出版社一九九九年十月印行的国际大十六开本《文艺报创刊五十周年纪念图集》第十八页右下角收入了这一幅照片，但是也只注明是"1954年"，连六个作家聚会在一起干什么都没有注出，当然是编者不清楚个中史实的原因了。现在这幅照片的所有情况，都可以明白了。

入京十年的"住会作家"

碧野于一九八七年九月二十五日在成都出版的该年第五期《龙门阵》发表了《艾芜侧记》，这篇比较长的回忆文字的第三部分末段写道："1954年，我和艾芜作为中国作家协会的驻会作家，同在北京工作，……"碧野这里的回忆，与一九七九年十二月四川人民出版社印行的六分册本《中国文学家辞典》现代第一分册"碧野"辞条中一致。题目中的"住会作家"和碧野文中的"驻会作家"是同一名称的不同写法，没有看到正式的权威文件，暂以"住会作家"词形来表示。

艾芜去世不久，谭兴国编写了两万多字的《艾芜生平与著作年表（1904年—1992年）》，初刊于一九九四年四月四川人民出版社印行的《沙汀艾芜纪念文集》卷尾，其中"一九五三年"项下有："7月，从鞍山迁回北京，作为全国作协驻京作家，集中精力写《百炼成钢》。"谭兴国在这个"年表"末"注"曰该年表由艾芜"作过仔细的校正",那么"全国作协驻京作家"又成为"中国作家协会住会作家"的又一说法,当仍以正式的权威文件为准。

在艾芜一九六四年的十一月十六日和七月二十九日写给沙汀的两封书信中,提及这个"中国作家协会住会作家"的事:"我在七月间就参加作协的整风学习,刚在上星期六作了总结","关于住会作家,决定分住到外省,而且家也搬去。赵树理回山西,周立波回湖南,我回四川"。书信中的"上星期六"即该年十一月十四日,相关领导对整风学习"作了总结",并宣布取消"中国作家协会住会作家"。艾芜在信中只提及沙汀关注的三个作家,包括艾芜本人,就是"整风学习"后要行动起来,离开北京,"分住到外省,而且家也搬去"。

没有去找赵树理和周立波对取消"中国作家协会住会作家"的决定之反应,从艾芜当时的书信日记中看,他平静地接受了这个决定,仅仅要求不要太急,又在北京住了一年才于一九六五年十一月上旬离京,全家返回老家四川,落居成都。

但从没有被艾芜向沙汀提及的"中国作家协会住

会作家"陈白尘当时和好多年之后的反应看,这位戏剧家和教授就口无遮拦地对此大发牢骚。一九六五年八月下旬,正准备离京回川的艾芜在北京家中接待来访的陈白尘等人,陈白尘说"他将搞创作,去到什么单位,还待决定,只是离开作协已成事实",——看得出,已担任了五年中国作家协会书记处书记的陈白尘不愿意"离开"北京返回南京。二三十年后的一九八一年六月十五日和一九九四年一月二十八日,七十三岁和八十六岁时的陈白尘都还在为一九六四年取消他的中国作家协会住会作家资格大发牢骚:在《哀盛亚——〈刘盛亚选集〉代序》中,陈白尘把取消他的"中国作家协会住会作家"说成"遣返南京";在为一九九五年五月由生活·读书·新知三联书店印行的《牛棚日记》写的《前言》一开篇,就把让他离开北京说成"一九六六年初我由北京中国作家协会贬至江苏省文联"。无论是"遣返"还是"贬至",都是怨愤难消的说法,自然也可以用"戏说"视之。

套用艾芜写给沙汀信中的表述口气,在一九六四年十一月十四日中国作家协会"整风学习"作总结报告的相关领导,如果把各"中国作家协会住会作家"的名单都念一遍,至少会说:赵树理回山西,周立波回湖南,艾芜回四川，碧野去湖北，陈白尘返江苏。

如此重要长达十多年的设立和取消"中国作家协会住会作家"的中国当代文学重大事件，至今不见有详尽的述说。本文试着说说，期待予以补充。

杨戴英译《王贵与李香香》中一处 high

外文出版社一九五四年十二月出版的杨宪益戴乃迭夫妇英译的李季创作的《王贵与李香香》,虽然全书只有三十四页,但宽度略切走一点儿的带护封的硬面精装,内文二十多幅多色彩版插图,使得该书一派豪华和雅致。该书用纸也讲究,是上好的道林纸,六十多年过去了,仍不见有变色变质等迹象。

细读杨戴英译本《王贵与李香香》,在诗的第二部分开始不久的第七节八行,有这样的句子:

With Liu Chih-tan to lead them, high
They raised the Red flag to the sky.

略有英语基础训练的人都读得明白这两行英文的意思,其中Liu Chih-tan是韦托玛式汉语姓名英译,即刘志丹。找来一九五八年十月由人民文学出版社印行的李季《王贵与李香香》，与上译两行英文对应的诗句为：

> 领头的名叫刘志丹，
> 把红旗举到半天上。

然而，总觉得杨戴译文中那个high有点儿怪异，便再找早些时候的英译，刚巧手头存有一九五一年第一期英文《中国文学》，这本十六开的英文期刊第二〇三至二二二页正是英译的李季《王贵与李香香》，但没注明译者是谁。杨戴夫妇合译出的上两句，英文《中国文学》为：

> First Old Liu, Kao Kang came,
> Till half a province the Red Flag could claim.

再到图书馆去找曾较早发表李季《王贵与李香香》的一九四六年九月二十二、二十三和二十四日三天的延安《解放日报》，与英文《中国文学》对应的两句为：

> 头名老刘，二名高岗，

红旗插在半天上。

再找一九四九年十月由北京新华书店初版、一九五三年七月改由人民文学出版社在北京的"第四次印刷"本李季《王贵与李香香》，上录两句略有改动，但意思没有变，为：

头名老刘二名高岗，
红旗举到半天上。

四年前后的高岗人名Kao Kang到副词high的演变，不是一个简单的英译单词的改动，其中隐含了中国共产党高层的所谓"斗争"，即与毛泽东和高岗两位中国共产党建政初期政府正副主席相关联的一次事件，即二三十年前官方中国共产党党史定性的所谓"高饶反党事件"。

高岗与刘志丹等一同创建了陕北红军革命根据地，不久张闻天等率领的中央红军经历了长时间长距离的征途后便整体落脚于此。一九五〇年中国共产党在大陆地区建政后高岗官至国家政府和军委的副主席，进入中国共产党高层核心领导。但一九五三年高岗被毛泽东等人指为与饶漱石一起进行反党分裂活动,次年被揭发和批判后自杀,一九五五年三月被中国共产党开除党籍。

所幸二十世纪八十年代后,中国大陆地区的学术界慢慢进入了尊重历史的阶段,一九九〇年十二月由上海文艺出版社印行的《中国新文学大系1937—1949》第十四卷和一九九二年三月由重庆出版社印行的《中国解放区文学书系 诗歌编》第三册所收李季《王贵与李香香》一诗中"高岗"的名字都没有被删去。

丁玲"谈深入生活"

改为周刊的《文艺报》，在一九五七年五月十九日出版的第七期第三版用六千字发表了该刊记者陈骢采写的《丁玲同志谈深入生活》。该文一开篇就写着"当我走进丁玲同志在郊外养病的处所"，这"处所"自然不是北京多福巷十六号丁玲的住家。文中介绍丁玲"看病的时候才进城去"，也就是说在陈骢这次采访丁玲前后一段时间，丁玲都住在这儿，——是疗养院呢，还是租住农家的房屋？文章没写，相关的著述如丁玲年谱、传记类读物都没有提及。但这次丁玲与陈骢"三个钟头"的"随意交谈"，其内容却相当重要，光发表出来的六千字中，至少五千多字全是丁玲"谈深入生活"等话题，撮述如下。

在谈到"作家应该在群众中有知心朋友，群众才能和你谈知心话"的观点时，丁玲命中了当年流行的"公式化"作品的要害："如果作家和群众并无深交，群众见着你也就不掏出心里的话来，只是跟你说上一套冠冕堂皇的应酬话，甚至是假话；而有的作家也就把这些话作为生活里的'新气象'和'积极因素'在作品中写下来。正因为如此，也就常常使我们感到有些作品是公式化的，缺乏深刻的内容。"丁玲讲了这番话后，又向陈骢举出"她亲身经历的"两件真实的事情："有一次，她在北京近郊参观一个农业生产合作社。陪着参观的那些社里的干部们，招待得很热情，还要请客人吃饭。他们在向客人介绍情况的时候，谈得很多，可是谈的却像是报纸上的一些文章和报道，而且似乎是事先编好了的、听起来很不错的一套。另一次，那还是在农业合作化高潮到来以前，她到一个过去曾经住过的熟村子里去，问到他们村上的互助组搞起来了没有。他们说：'你要真的，还是要假的？要假的有两个，要真的就一个也没有。'那两个假的互助组，是为了应付区上的差事而'组织'起来的，事实上还是各自在单干。"

丁玲还向陈骢谈了对"作家公寓"的看法，说"她向来不大赞成搞什么'作家公寓'，她认为大家还是分散开来，深入到四面八方去的好"。至于"是不是每一个作家都非得下工厂或者农村不可呢"的问题，丁玲的回答是"那也不一定","她说,这还得看这个作家比较近于写那方面的题材。譬如,有的作家素来就擅长写市民的生活,而有的作家又对知识分子、青年学生比较熟悉一些,那他们就不一定要住到工厂、矿山、农村里去",丁玲还说"写高级知识分子写得好,也是很有价值的"。

这篇访问文末注明了一个年月日的阿拉伯数字,年月日时间为"1957、5、7",并没有明确地指出是采访时间还是写作成稿的时间。已见到的丁玲年谱类著述就把文末注出的时间当成了丁玲接待陈骢的具体时间。事实上,这六千字的访问记,也还是需要有构思、整理和写定等功夫的,陈骢采访丁玲或许要略早些。

然而,面对一个记者,丁玲侃侃而谈三小时,话题又全是指导全国作家性质的"大话题",况且七个月前的一九五六年九月二十八日,丁玲在成都面对主管全省文艺的中共四川省委宣传部副部长李亚群要她谈谈"党内民主、百家争鸣问题"时,丁玲说她"很难发表意见",因为她说她是一个已经"失去了发言权的人",当着陈骢何以又如此敞开心扉畅谈呢?

读了发表于一九五七年六月十六日出版的《新观察》半月刊上的李今《为什么"放"得不够?》一文才

明白,原来那天陈骢采访丁玲是和时任中国作家协会书记处书记的《文艺报》总编辑张光年一道去的,"为了纪念'延安文艺座谈会'十五周年请丁玲同志谈深入生活问题","动身前,《文艺报》编委会已经把访问的主题定好了"。据李今写及的从陈骢处得知的情况,丁玲"还是谈了许多其他的问题"如"目前的整风"等,"可是陈骢同志执笔的时候,却不得不按编委会规定的主题写访问记"。发表陈骢访问记后几天内"已收到了三封表示不满意的读者来信",意思是作为丁玲,她肯定会谈到不少重大的问题。

待读到一九五七年七月十四日出版的该年《文艺报》周刊第十五期第四版所刊陈骢和陈笑雨署名"马铁丁"的两篇文章,才又进一步知晓关于这次采访丁玲的一些史实细况。

该次对丁玲的采访,《文艺报》编辑兼记者陈骢是随时任主编张光年、副主编侯金镜和陈笑雨一起去的,如此规模的谈话气氛才使丁玲如此看重这次采访而不顾"病情"畅谈了三个小时的。至于李今《为什么"放"得不够?》一文中刚引述过的话,是李今在文艺报社走廊急匆匆导致她没有听明白陈骢谈到丁玲讲的"还是谈了许多其他的问题"如"目前的整风"等不是那次好几个人采访时丁玲说的话,而是几天后在"过目"陈骢那篇访问记时随意的谈吐,估计陈骢临时碰到李今也没有说得太清楚。

陈骢这样写道:"当我们4月间访问丁玲同志时,党中央的整风指示还远没有开始呢。我在写成那篇访问记——《丁玲同志谈深入生活》——把文章的校样送给丁玲同志过目的时候,丁玲同志在闲谈中谈到对文艺界有些问题的看法和感想;因为是闲谈,所以只是东一点、西一滴的。"这里有两个史实细节让我们觉得可以丰富丁玲的生平事迹,其一是"4月间"、其二是陈骢"把文章的校样送给丁玲同志过目"。丁玲一九五七年的日记和书信在已经出版的她的著作全集中都是空白,她这一年的经历能落实的都很珍贵。

细读陈笑雨署名"马铁丁"的那篇文章,一开篇首段就说"我们是4月底访问丁玲同志的",把陈骢文章中的"4月间"进一步具体了时间定位,很可能就是四月三十日。还有,陈骢"写成那篇访问记"自然就是文末的标明了的时间,"把文章的校样送给丁玲同志过目"的时间也可以大致确定下来,应该就是五月十日前后,因为要下厂印刷,丁玲当时"过目"后陈骢就带走了。

编制像丁玲这类历经"反右扩大化"磨难的中国

现当代文学大作家的详尽年谱,真得目光如炬才行。一九五七年的《文艺报》和其他报刊一样,内容上让人难以卒读的作家文人们互相撕咬的文字太多了。但是这些互相撕咬的文字内,其中所含硬性的史实细节,你不用心采取"抠读"的笨办法,好多有用的史料就会从眼皮子底下溜走了。上面的叙说,我就一直不敢写出一九五七年七月十四日出版的该年《文艺报》周刊第十五期第四版所刊陈骢和陈笑雨署名"马铁丁"的两篇文章的篇名,把意思说足了,还是写出来,陈骢的文章题为《记者是这样干的吗?》、马铁丁的文章题为《为什么放出一支毒箭?》,都是火气极大的语言。那个年代,语言的特点就是如此这般。叹叹。

张天翼艾芜沙汀"联合发言"

早在二十世纪三四十年代就以各自的创作特色闻名于世的中国现代著名小说家张天翼、艾芜和沙汀,在一九五七年八月十八日印行的《文艺报》周刊该年第二十号公开发表了四千字的《你要不要重新做人?——张天翼、艾芜、沙汀的联合发言》,该"联合发言"后有三百字的"附记"。

三百字的"附记"后印着是这年八月八日写的,交代"这是我们在7月31日第八次党组扩大会上的发言",除此之外,关于这篇"联合发言"的相关史况就一点儿也弄不明白了,比如四千字发言稿谁起草的、三百字的"附记"谁写的、是口头发言还是书面发言、若是口头发言谁上台宣讲的,等等等等,都是应该弄明白的。四千字的"联合发言"依文体特点,是"文学论文",但如此重要的论文却未收入三个作者各自的文集,连篇目索引也不太明确。

好在终于见到了未加任何删改的《张天翼日记》，该书二〇一七年二月由中国戏剧出版社印行，这真是让人可以放心使用的珍贵史料，因为当年张天翼就处于具体的文学领导层，而他又忠实地随手记载了他经历的一切，其中就有这次"联合发言"的全部细节。

四千字的"联合发言"一开始就是："昨天我们听了方纪同志的发言，不禁毛骨悚然，而且非常气愤。"查张天翼日记，该年七月三十日的日记有："方纪同志发言，揭发陈、柳关系，骇人听闻，不胜愤怒。陈态度恶劣。晚与沙、艾各谈些看法，准备明日作一联合发言。"张天翼提及的"陈"即所谓"丁陈集团"的陈企霞，"柳"指年轻女作家柳溪，"沙、艾"即沙汀和艾芜。

次日的日记，张天翼写道："上午准备发言提纲。下午开会。发了言，指斥陈，并批评丁昨日的发言。"这个载录相当重要，表明"联合发言"的"提纲"是张天翼拟定、讲也是张天翼上台讲。在《文艺报》上找不到张天翼发言的具体时间，他的日记指明了是下午。一九五七年八月七日的日记，张天翼写道："和沙汀、艾芜讨论发言记录的修改。由沙汀动笔。我写附记。已写就，下午交沙汀。"分析这则日记可以知道"联合发言"的运行时间顺序:"发言记录"到手后,这天上午三人商量"修改"方案,具体修改"由沙汀动笔";沙汀"动笔"改完后,交给张天翼写了三百字的附记;《文艺报》发表件"联合发言"的"附记"写着"8月8日",其实是八月七日上午"写就"的。

到了一九五七年八月十三日的日记,张天翼写道:"发言校样改后交《文艺报》,又曾索回改一二处。"这是《文艺报》刊发的三人"联合发言"《你要不要重新做人?》的最后一次改动。再过十六七天,张天翼日记最后一次出现关于这次"联合发言"的载录:"整风办公室送来发言记录,看要否修改,因为要复印成册。已改就。至第一次发言,与沙汀商就,即用发表在《文艺报》上的,唯取消'附记'。"

要对上面的张天翼日记略作说明,这里的"复印成册"是指印成十六开的"会议参考文件",文件名为《对丁、陈反党集团的批判——中国作家协会党组扩大会议上的部分发言》,收二十四篇发言,张天翼、艾芜、沙汀的"联合发言"编排在第四篇,我只见到"四川省文联一九五七年十一月十日翻印"的本子,有一百八十六页,为"会议参考文件之二",估计当年全国各省市也都有翻印的吧。

郑振铎写给巴金的便条

北京的文化艺术出版社二〇〇九年六月印行的十六开本《中国现代文学馆馆藏珍品大系》的《信函卷》第一辑第三百一十三页有一纸郑振铎写给巴金的便条,严格依照该字条的书写格式释文如下:

巴金同志:
  兹订于二月二十九日(星期三)下午七时在黄化门大街17号敝寓便酌。务请
光临!

郑振铎

已经称呼"新社会"普通使用的"同志"了,郑振铎已经在北京黄化门大街定居了,这纸便条就只能写于一九五〇年后。郑振铎约请巴金到"敝寓便酌"的那

一天"即二月二十九日（星期三）"，又是铁板钉钉地落实了只能是一九五六年：因为，二月份一般都只有二十八天，郑振铎一九五八年去世前的近八年的北京岁月中，只有一九五六年的二月是二十九天，而且这一天又正好是"星期三"。

但便条写于哪一天呢？二十九日当天写的可能性不存在，应该排除。估计写于哪一天如一天前或两天前也冒险，因为提前一周甚或半个月约一次饭局也是正常的。巧就巧在郑振铎约请巴金的同时，还约请了徐森玉，二〇一七年十一月上海外语教育出版社印行的三卷本《郑振铎年谱》下卷在一九五六年二月二十八日项下，就有与写给巴金一样字句的"致徐森玉笺"，虽未注明出处，但还是可以相信的。因为编者陈福康是很认真的郑振铎研究家，他也弄过不少成功的史实考证。那么从事理上分析判断，写给巴金的这纸便条也只能写于这一天。

对于读者来说，巴金是不用介绍的。但徐森玉有必要介绍一下，估计不少人对于他有些陌生。可以设想，由郑振铎邀约光临自己的私宅，陪同巴金同席"便酌"即享用家宴者，不必怀疑，注定属于"往来无白丁"的文化名人。

徐森玉，一八八一年生、一九七一年卒，在年纪上是郑振铎和巴金的前辈，他以"文物学家"和"文献学家"著称。中华民国成立后，徐森玉任北京大学图书馆馆长，一九二四年十一月参与清室善后委员会工作兼任故宫博物院古物馆馆长，后任北平图书馆采访部主任，一九三七年七七事变爆发后参与主持故宫文物南运，抗战时期定居上海与张元济、郑振铎、张寿镛、何炳松等组成文献保存同志会，多方寻查购置散落于沦陷区濒于危境的古书善本并予以妥善保存。一九五〇年后，徐森玉先后任华东军政委员会文化部文物处处长兼上海市文物保管委员会主任、上海博物馆馆长、全国第二中心图书馆委员会主任委员、国务院古籍整理三人领导小组成员、中央文史研究馆副馆长，为第一至第三届全国人大代表。徐森玉对祖国的文物文献的发掘保护卓有贡献，但一九五八年被错划为右派分子、"文化大革命"中遭残酷迫害，一九七一年五月十九日，徐森玉在上海含冤去世。

查巴金行踪，一九五六年二月二十七日至三月六日他从上海来到北京出席中国作家协会理事会（扩大）会议并在会上发言，会议开始巴金就被选为十四人组成的主席团成员之一，另十三人有茅盾、周扬、老舍和冯雪峰等。

巴金有保存同行友人字条和书信的习惯，有一些已经公开影印了出来。这些很窄小的字纸条，如今都成了珍贵的史实文献，作为后学者，我们有力争准确释读的使命。

作家、艺术家"走马观花"

综合当年《文艺报》和《旅行家》两家老旧刊物上的相关文字，再佐证于郭沫若和叶圣陶较为详尽的年谱类著作中的相关载录，得知一九五八年的五月二十四日至六月六日，中国文联和中国作家协会共同组织了二十三个作家、艺术家以"首都第一批'走马观花'体验生活参观团"的名义到当时的河北省张家口专区，在张家口农村的好几个地方生活了十天。

想先把二十三个作家、艺术家的名字弄齐，但不容易，连湖南人民出版社二〇〇六年九月印行的一百多万字的巨卷《中国文学编年史·当代卷》这种大型工具书也只字不提此"文学"大事！从已出版的郭小川日记中找到"与张僖谈，他明天又要去张家口地区了"，这个当时的中国作家协会负责人之一张僖算是一个了。又在沈从文住到张家口一座山上的长安寺庙后写给其夫人张兆和的书信中再找到"骆宾基在六处住"，这个著名的东北籍在京作家骆宾基又算是一个了。在一九五八年第七期《旅行家》月刊发表《随郭老访花园乡》的作者金钟，自然要算一个。但叶圣陶发表在《旅行家》该年第九期上的《坝上一天》文末提及向他提供雨衣的"张雷同志"就不敢计入二十三个作家、艺术家中，怕该"张雷同志"是当地人。

再加上郭沫若和叶圣陶的年谱类著述中提及的，目前已把二十三个作家、艺术家落实了十三人，分别为：郭沫若、叶圣陶、萧三、沈从文、张僖、骆宾基、金钟、吴作人、叶浅予、蒋兆和、邵宇、金人和郑景康。另外的十个人，有待继续寻觅。除了"郑景康"不知他写过什么文学方面的作品或有过什么题材的绘画外，其余十二个人应该不用查人名工具书就知道他们各自在文学或艺术领域中向读者、观众奉献什么作品。

随手翻了一下案头书架上的老旧刊物，发现以上十多个作家、艺术家在这次"走马观花"的参观中，大多很快就有作品公开发表。如叶浅予的"速写"绘画作品《怀来花园乡南水泉社养猪场》和《涿鹿劈山大渠填沟工程中的打夯队》就发表在该年六月二十六日出版的《文艺报》半月刊，邵宇的"诗画"《在大跃进中旅行》以十幅画三首诗的规模在该年第七期《旅行家》月刊占去十六开两面的篇幅。

更让人注目的是郭沫若以六十六岁高龄在"虽然工作很忙"的情况下也"决定要去"参加中国文联和中国作家协会共同组织的这次访问。金钟《随郭老访花园乡》一文用五六千字记录郭沫若五月二十四日到二十八日这五天的"访问"详况,郭沫若"参加劳动"、郭沫若向给他献红领巾的花园乡南水泉村小学少先队员发表讲话、郭沫若从田地里到了房间总是笔不停挥地写诗和题字,连在"等车时"也应花园乡党委副书记孟庆山邀请高兴地题诗一首,真可谓"文思泉涌,倚马可待",这些诗都公开发表于《诗刊》等文学杂志中。

仅比郭沫若年轻两岁的叶圣陶在这次访问活动中也是兴致勃勃,他不仅随时随地写作或口占了不少后来也公开发表于《诗刊》的诗篇外,还写了好几篇散文,说是"游记"也可以,其中就有发表于该年第九期《旅行家》月刊上的《坝上一天》。在三千字的《坝上一天》中,叶圣陶把六月五日这一天的见闻如描如绘地写入文中,他热情赞扬所接触到的"大跃进"中的"水库铁英雄",连让他觉得"有点儿异样"的突然让天变冷以至有冻感的凉风,也被他写成"流连不觉归车晚,驰骋高原赏大风"。

与郭沫若和叶圣陶的激情昂扬截然相异,五十六岁的小说名著《边城》作者沈从文虽然是参观团成员,但似乎没全身心地投入到火热的群众生产情景中来,从他写给张兆和的三封书信来看,他在冷静地观望,也在痛苦地过渡着,他对夫人讲到写作,认为"写的方法得重新研究一下,不然又会要在大编辑眼中报废。读者和编者要求支配作者向浅处写,一时还不能习惯"。从沈从文当时写的三封书信中,得知他就一直住在山上一个叫作长安寺的庙宇中,他"带得有一盒方糖,和一盒奶粉,奶粉试试,味道极好",但带的药吃完了,正操心"明日将去附近亚洲医院问问可否弄点药"接着吃,还有"早上稀饭有碱,中晚菜过咸,都不相宜",等等。

"假赵树理"的《友谊之花》

浙江省文联主办的《东海》在一九五八年九月号发表短篇小说《友谊之花》，署名是大名鼎鼎的"赵树理"，小说正文后有"3月初稿，7月修改于人民文学编辑部"，而且该期《东海》的《编后记》还特别提示："赵树理同志是大家熟悉的作家，他满腔热情为本刊写了小说《友谊之花》……这篇作品对青年人将会有深刻的教育作用。"

署名"赵树理"的《友谊之花》这篇小说的情节内容为：一个落后的带有流氓习气的学生，如何被进步同学的"友谊"感化成一个新人。按当年的流行观念，该小说的小资产阶级情调比较浓，它宣扬了知识分子的思想改造可以用小资产阶级的温情主义代替党和政府提倡的既团结又斗争的原则来完成，"对青年人"当然不可能会有"深刻的教育作用"。

然而，这篇《友谊之花》刚发表，就被一个叫宋爽的读者揭发说它是"假赵树理的小说"。宋爽的揭发文章题为《真假赵树理》，与其另一篇文章《放声歌唱人民公社》同时刊载于一九五八年十月十一日出版的半月刊《文艺报》该年第十九期。从《放声歌唱人民公社》的行文推测，这个宋爽是供职当时文化部门的文学工作者，笔墨思维可谓老到。宋爽的揭发文章开头就是"《水浒》上有真假李逵，《东海》九月号又出现了真假赵树理"。但宋爽并不刻意追究《友谊之花》的作者究竟是谁，也不去调查当时就住在北京的"真"赵树理本人的"气得哭笑不得"的实况，仅仅"想像"了一下假赵树理"定为自己的骗术的成功而窃笑，手舞足蹈"，宋爽用五六百字占文章一半的篇幅对"《东海》的有关编辑同志"作了指责，认为连"赵树理作品的风格"都辨别不出、见"名作家的作品"都立即刊载。但，宋爽在文末又对《东海》"大跃进以后"的确"在努力为新生力量开辟道路"，叮嘱编辑部接受这次教训，"把坏事变成好事"。

赵树理生前身后在文学生涯中真是不幸！除了这次未见载入"赵研"史册的伪托事件外，赵树理的老朋友写文章"回忆"说赵本人在少年时期父母都健在时就有卖掉自己妹妹的权力,弄得赵树理赶快写信说自己没有在父母长家时就试图卖掉他们的女儿。这是生前。身后也发生了有人伪托赵树理一九三〇年写信叩谢"恩人"的无骨气之信,弄得山西省长治县好几个文化人写文章反驳这封无根无据就编入了《赵树理文集》和《赵树理全集》的伪托事件……

更该担忧的是,如今发掘名作家集外文已成"显学",会不会有在读的中国现当代文学专业硕士生、博士生乃至专业研究人员在六十多年前的老旧《东海》上发现"赵树理"还有一篇小说《友谊之花》没有收入《赵树理全集》,赶快考证说"赵树理还有另外一副手法"描写农民之外的学生生活……因为这个伪托事件在当年《文艺报》被宋爽揭发以后,并没有被后来的赵树理研究者们整理重现为史实事件予以登录,我手头四五十本《赵树理研究》和五十三万字的《赵树理年谱》都找不到痕迹。

沙汀自感会"挨揍"的《假日》

一九七九年十一月二十八日,沙汀给巴金胞弟李济生寄去一本《过渡集》,这是刚由人民文学出版社印行的他的短篇小说集,对其中收入的《假日》特别交代了几句:"《假日》一篇,仍有挨揍的危险,因为它把作为背景的食堂写得太美妙了。而在当日,我却有意为之,因为赫光头骂我们三个人合穿一条裤子呵!这不是为自己辩解,是实情;更不是干预生活。而且,无论如何我的做法是不足取的,值得引以为戒!"另转下一段,沙汀深有感慨地补充道:"老兄!'文化大革命'前,我也是'凡是派'呵!因而也受过'愚弄'、也'出过丑',乃至到今天还有点僵化!"沙汀此处沉痛的反省,是那些年挣脱了"凡是派"思维枷锁的老作家们共同的表现,值得珍视。这里,只理一下沙汀《假日》写作的相关硬性史实。

沙汀自感"仍有挨揍的危险"的《假日》，是长达一万字的短篇小说，估计如今四五十岁以下没有养成史料癖好的中青年读者根本无法看完，正如沙汀自己说的为了反驳赫鲁晓夫，他"有意为之"地把中国大陆地区正在实施的人民公社食堂、人民公社的农民写得"太美妙了"！诸如人民公社社员都有"半月一次的假日"可"赶场"、"食堂里排练文娱节目"的歌声和二胡声随时可以听见、到处都是"敞声大笑"，更重要的是本该休息的"例假"即例行假日里所有社员却都在为人民公社义务劳动；当年实际上最为紧缺的食物，在沙汀笔下却是另一番景象——鸡蛋家家户户都有现成的就放在柜里，还有挂面啊糖啊也在柜里，公社食堂里"早上加餐也是鱼"、中餐"冒头鸡太老了！尽炖不杷，几条鱼呢……"等等，而且"凡是上了年纪、对社有功的社员，碰到生日"就可以吃到食堂里"鲜美"的鱼和"一入口就化了"的"喷香"的"红苕夹沙肉"……

好在沙汀本人在他七十五岁时已经觉醒，郑重地对他近二十年前创作的《假日》作了反省，还叮嘱后继者"值得引以为戒"。沙汀《假日》中写及的食物，仅仅用艾芜一九六三年三月二十八日写给夫人王蕾嘉一封书信中的话就可以反证其纯属闭起眼睛昧着良心虚构，艾芜在该信里写道："我托罗广斌带点衣服回去，另外带北温泉挂面两斤，这是温泉特产，罗广斌、杨益言、刘德彬他们送我的。你收到后，就煮给大家吃吧，免得留久了起霉。缎被盖面子，也托他带回。罗广斌本月三十一日乘飞机去北京。"看看，两斤挂面，还是得有畅销小说《红岩》三位作者亲自送，而且提前预嘱收到就吃以免"起霉"，——足见其稀贵！大饿饭年代的农村，哪里会"家家户户"柜子里都放有挂面……

目前收入上述《过渡集》和四川文艺出版社二〇一七年十一月印行的《沙汀文集》第五卷中的《假日》，作品后只有"一九六一年一月"的写作时间。检阅幸存的沙汀当时分别写给巴金和萧珊夫妇的一组书信，是可以把《假日》更详尽的写作情况弄清楚的。

这篇《假日》，是应巴金夫妇之约为《上海文学》赶写出来的。巴金一九六〇年十月九日从上海回成都住在学道街时，与沙汀一见面就代在《上海文学》做义务编稿的夫人萧珊替该刊拉稿，自然是请沙汀提供短篇小说新作。沙汀接受了约稿任务，该年十二月五日已经陷入创作危机的沙汀在写给巴金的书信中诉苦："给《上海文学》赶短篇，起了两次头，都毁了，因为担心时间有限，怕赶不上；……这两天有事，起不好头，这也是原因之一。"

从沙汀一九六一年一月二十日写给萧珊的书信中，得知这年第二期即二月份的《上海文学》的截稿时间是一月二十日，也就是说沙汀务必在一月十八日前从成都把稿件寄出，当然还得"航空"快邮以确保时限内收到。所以，沙汀这月二十日给萧珊寄稿时附信说明"稿已于昨日寄编辑部了，对不住，拖迟了一天时间交卷，因为十七日没有找到抄写的人。而我的原稿照例写得很糟，又非抄写一遍不可。稿交巴金同志看过，信封也是请他写的。他很客气，只改了两个字，添了一个字。……我总算交了卷，尽了力，对公对私，都已坦然了。"

沙汀把刚让人抄就的《假日》请巴金审读，时间是一九六一年一月十九日，多半是清晨。沙汀着人送稿时附信说"稿送上，请你认真看看。下午四点去你那里，听你的意见"，接下去便是安排如果稿件通过了，下午就约上张秀熟，沙汀本人加上巴金和张秀熟三个人带上"那半瓶酒"去"城外"看"草堂的梅花"，因为听说那里的梅花"已经开了"。不用说，看了梅花玩儿够了，就找馆子喝酒吃一顿。四川文艺出版社二〇一七年十一月印行的《沙汀文集》第八卷所收沙汀致萧珊信的写作时间把"一月廿日"误辨成"一月十日"。沙汀的字的笔画写得不很展开，容易认错，但是沙汀自己在信中述说的时间进程，已经明确地标示了《假日》的写作时间不可能是"十日"。如果排列出沙汀《假日》的后期进度细表来，该是：一九六一年一月十六日初稿完成、一九六一年一月十八日请人抄写、一九六一年一月十九日交给巴金审读、一九六一年一月二十日从成都航空寄出。

庚子除夕郭沫若记事

农历庚子年除夕是公元一九六一年二月十四日，这一年的腊月没有三十，二十九便是传统节日春节大年最隆重的启始。该日晚饭一般叫作"团年饭"，很喜庆、很热闹的一天。

但是去查阅二〇一七年十月由中国社会科学出版社印行的五卷本大型《郭沫若年谱长编》，这一天却没有记事登录。

不能责备一九九二年十二月前和二〇〇六年七月之前出版的相关图书如龚济民、方仁念夫妇弄的三卷本《郭沫若年谱》，该书由天津人民出版社一九九二年十二月印行，因为披露郭沫若庚子年除夕活动的两件关键一手史料这之后才问世的。这两件"关键一手史料"就是一九九二年十一月十四日《文艺报》所刊李绍珊《郭老赐我诗一首》和二〇〇六年六月由中国广播电视出版社印行的四卷本《蔡楚生文集》第四卷"日记书信卷"中该日的蔡楚生日记。后者是参与这天郭沫若上午至晚宴活动的记录、前者是参与这天郭沫若晚宴后延至次日上午的活动记录，均非"秘料珍闻"，都是伸手可得的普及性质图书和报章。

蔡楚生一九六一年二月十四日的日记中载道："晨七时起身，八时馀与为一等八九众出发——经一号楼时先去奉访来此将息的郭沫若同志和于立群同志等，并和他们一起拍了照片。十时馀抵新村港，……晚因是除夕，区委在此宴请大家，有美国记者斯特朗，有邓子恢、冯白驹、郭沫若等同志和其他数十人。席间郭老强要我喝茅台，几次加起来大约喝一杯，因此不免有些昏昏然。我与斯特朗谈了好久。"

上录的蔡楚生日记，紧挨着下一段有"我在海南岛鹿回头工作"的交代。"鹿回头"在这儿指鹿回头椰庄招待所周围一片地方，蔡楚生日记已写明郭沫若这回"来此将息"住在"一号楼"，他自己的工作团队一行八人昨天下午四点多才到达此地，也临时住在这家招待所的四号楼。鹿回头椰庄招待所，离三亚五公里、跟榆林仅一山之隔，在一片珊瑚礁石的海滩上一山兀立、雄伟峻峭，恰似一只金鹿在海滨回首观望，故名之。新修建的招待所，依山傍海、椰林环绕，庐舍连绵、宛如村落，故名"鹿回头椰庄招待所"。此次除夕晚宴，就设在鹿回头椰庄招待所内离舞厅很近的一间客厅。晚宴刚刚散席，蔡楚生、王为一等"八九众"已离去了，只有郭沫若夫妇在时任中央人民政府农村工作部部长邓子恢的陪同下，与广东省海南区时任区常委书记冯白驹等当地军政领导还在品茗聊天、观赏字画。估计时间已是当夜十点左右了吧，此时迎来了带领五十多人专为郭沫若等"首长们"举行舞会的一位客人。

这客人，就是《郭老赐我诗一首》的作者李绍珊，时任海南最南端的"海军榆林基地"俱乐部主任。李主任是当天下午才接受基地司令员袁意奋将军的指示的，得知"今晚是给郭沫若举行舞会"，便在下午五点许吃罢"过年饭"立即准备送给郭沫若的礼物即选取他自己多年珍藏的海贝和红豆中之精美者，"用手巾包好"，还写了《赠郭老诗三首》准备一并面呈郭沫若。黄昏七点许，李绍珊主任带领乐队、歌手和舞伴共五十多人乘车从大东海驻军基地驶向鹿回头椰庄招待所。

安排好其他人员在舞厅各就各位后，李绍珊在招待所所长的陪同下，去客厅邀请郭沫若等人出席舞会。待邓子恢、冯白驹等人次第离去后，李绍珊"壮壮胆，款步入室,走近郭老,行了一个军礼",在与郭沫若握手后"赶忙解开手巾",于是"桌面上立即展现几十枚闪耀着奇光异彩、形体各殊的彩贝,还有上百粒小巧玲珑,令人望而生爱的相思红豆,以及一株质若金石、形同蛛网般的海底铁树",使郭沫若"爱不释手"地"抚玩"着并"连连赞叹"说:"真是丽若珍宝,美不胜收啊!"

郭沫若又打开李绍珊的诗稿"拿在手上默念","指着诗的最后一句说道:'愿乞诗一行'——好!好!我一定和你一首诗!"

再往下,就是李绍珊没有详细写出的郭沫若夫妇去参加舞会,舞会结束,已近半夜。到了第二天即大年正月初一的上午,袁意奋司令员专程赴鹿回头椰庄招待所给郭沫若拜年返回部队后,立即到李绍珊的办公室,交转"郭老上午写好"托他带回"送给"李绍珊的"新年礼物",是写在四开宣纸上的五言律诗,诗后有跋语,补加标点后全录供赏:

海角逢春节,天涯得好音。
新诗多隽句,美贝尽奇琛。
我是诗行者,君真公腹心。

南疆劳捍卫，红豆满榆林。

一九六一年二月十四日晚为农历除夕，时在榆林。李绍珊同志以海贝、红豆等惠赠，并媵以新诗，赋此报答。

郭沫若

如此丰富如此有意义的郭沫若庚子年除夕和辛丑年大年初一的精彩活动，却被"中国社会科学院重大课题"的集体科研结项迟至二〇一七年十月才出版的图书《郭沫若年谱长编》弄成空白、导致遗漏，叹叹……

郭沫若老舍与川剧演员"过新年"

成都市川剧院艺术研究室内部印行过若干期的刊物《艺术简讯》，一九七八年下半年初决定更名为《川剧艺术通讯》，仍然是用蜡纸在钢版上人工刻写后的手工油印操作的印品，四开版面。已经见到的该年七月二十日印行的"试刊第1期"有六版，五版和六版分布在单张两面、头四版折叠后如现在的《参考消息》模样。第六版《编后》交代了"改版"等情况后，重点讲征集稿件的事。

让中国现当代文学专业研究者感到兴奋的是，这期油印小报《川剧艺术通讯》的第三版一整版全是关于郭沫若的内容，也兼及当年与郭沫若同住北京的著名作家老舍，而且是"独家专发"的可靠的史实讯息。

该版上半是郭沫若两件字幅的仿刻，我敢说"刻工精湛，可以乱真"，内容来自剧院珍藏品，也足可信任。右边一幅写于一九五九年十二月三十日，正文内容是"日新又日新，跃进再跃进。实事求是，努力推陈。鼓足更大的干劲！"落款为"成都市川剧院成立一周年纪念"。中国社会科学出版社二〇一七年十月印行的五卷本《郭沫若年谱长编》据转手文字袭抄，"干劲"后的叹号误为句号，失却了当年"跃进"的历史大气氛，应该以手迹件为准。左边一幅是收在一九七七年九月人民文学出版社印行的《沫若诗词选》中四首《东风吟》的第四首，但仿刻油印的手迹却仍然珍贵，因为是初写的文本，有几处异文。这件字幅的正文内容为："松柏森森气更豪，东风永在朔风逃。请看珠穆三峰顶，也有红旗雪上飘。"落款为："东风吟一首 一九六二年除夕 郭沫若"。

郭沫若这件落款为"一九六二年除夕"的字幅之来历，该期《川剧艺术通讯》第三版下半版有署名"江沅"的专文《佳节会聚京华路 重睹诗迹更忆公——怀念郭老》予以叙说："一九六二年春节前夕，郭老刚从我国南方巡视回京，不顾旅途劳累，亲切会见了我院演员周企何、谢文新、静环、杨淑英、司徒慧聪、唐云峰、阎传凤和田卉文同志。那天，郭老和于立群同志非常高兴，在谈及川剧表演艺术之后，郭老拿出他收藏的木偶，亲自操作，表演了木偶戏，于立群同志还风趣地为他作鸡鸣配音。和同志们告别之后，郭老兴犹未尽，当夜与于立群同志分别为大家书录了巡视南方期间草成的诗句十余帧。"很显然，仿刻油印出的一件字幅是郭沫若这年春节大年除夕夜写赠成都市川剧院来访者的墨宝之一。果然，在二〇一四年十二月由成都市川剧院等编纂印行的《成都市川剧院五十年》的图版里发现了《东风吟一首》这幅字的原件，是写给"阎传凤同志"的，在字幅上"郭沫若"署名前还有"书为阎传凤同志"。这本《成都市川剧院五十年》登载的图片，还有郭沫若该日题写给司徒慧聪、杨淑英、谢文新和静环的，写的都是郭沫若自己的诗作。

江沅的专文紧接着写的内容也很重要："我院演出团在京演出期间，郭老曾亲临住地看望全体同志。传统的新春佳节到来之际，郭老专门派车给我们送来了丰盛佳美的年糕和汤圆；春节上午，又请著名作家老舍同我们一起欢度节日。兴致勃勃的郭老听说我院来京人员是一百零六人时，豪爽地说：'加上我和她（指在旁的于立群同志），我们就是一百单八将了！'"

江沅的专文生动具体记载的这年春节正月初一即一九六二年二月五日的上午、"春节前夕"即前一天的二月四日全天，再加上郭沫若写赠字幅上明确的"一九六二年除夕"即当天夜晚，郭沫若与老舍同成都市川剧院赴京演出人员在这年春节期间的联欢行踪，多么珍贵的史实啊，但是却至今都没有被载入两个著名作家身后由专门研究人员和研究机构撰著出版了的各自的大型年谱类著作中，如今可以据此补入了。

  关于老舍与川剧，他有一文曰《我爱川剧》，副题就是"庆祝成都市川剧院建院一周年"，发表于一九六〇年二月号《峨眉》，第一段开宗明义："北京有许多川剧迷，我是其中之一。每逢川剧来京，我和其他川剧迷就高兴得像过新年似的。"刚才所述不是"像过新年似的"，就是两位大作家与川剧演员一起"过新年"啊！

胡乔木的笔名

钦鸿等编的《中国现代文学作者笔名录》一九八八年十二月由湖南人民出版社印行,其中"胡乔木"条目全录如下:

> 胡乔木(1912—)江苏盐城人
>
> 原名:胡鼎新
>
> 笔名:
>
> 乔木——见于诗《青年颂》,载1939年5月25日延安《文艺突击》新1卷1期。1948年又用于哈尔滨《生活报》。
>
> 胡乔木——建国后多署此名。
>
> 钟洛——录以备考。

在《文艺突击》上发表《青年颂》使用的笔名"乔

木"应视为"胡乔木"的略称、"钟洛"又"录以备考",上录条目等于没有真正的"笔名"呈现。"胡乔木"这个名字,是在不再使用"原名"胡鼎新之后重新取定的,可以称之为"传世姓名"或"真名"。

胡乔木真还用过"真名"以外的笔名发表文章,这是他自己透露的。在二〇〇二年五月人民出版社印行的巨卷《胡乔木书信集》中,胡乔木一九六三年七月二十二日给毛泽东的信中说"现将给《人民日报》写的几篇杂文送上,暇时盼能一阅",还交代这些文章"没有用真名,为着免得向熟人解释"。书信正文后注出胡乔木给毛泽东"送上"的"几篇杂文"详细情况,为:以"赤子"为笔名刊于一九六三年六月十六日、十八日、十九日和二十日的《爱与恨和宣传》、刊于一九六三年七月十六日的《美国人替中国算命》,以"白水"为笔名刊于一九六三年七月二日的《湖南农村中的一条新闻》、刊于一九六三年七月四日的《湖南农村中又一新闻》。

"赤子"和"白水"是胡乔木的笔名,有了笔名使用者本人的自述,自然可以定下来了。在一九八一年三月九日《人民日报》发表的《大家都来拯救仙鹤和其他珍贵动物》,胡乔木也用了"赤子"这个笔名。

三卷本《胡乔木文集》一九九三年七月和二〇一二年五月由人民出版社初版、再版，第三卷第五辑有部分文章注明了初刊详况，其中使用的笔名又是可靠史料，因为该书编后记交代全部均由胡乔木"生前主持编定"，"其中绝大部分文章都经他亲自选择和分类"。下面，予以分述，文章也都是仍发表于《人民日报》。

署名"东生"的《李双双和管得宽》一九六三年八月三日发表、署名"癸亥"的《如果所有的母亲都生男孩》一九八一年三月二十六日发表、署名"一卒"的《最好水平》一九八一年三月二十六日发表、署名"不平"的《试看如此"父母心"》一九八一年三月二十七日发表、署名"则鸣"的《劫机与"人道"》一九八三年五月十八日发表、署名"公仆"的《希望实行"文明承包"》一九八五年五月二十四日发表、署名"不忍"的《从三个容易写错的字说起》发表于一九八四年四月三日、署名"一知"的《请多读书》发表于一九八四年六月十九日。

到此，已有十个笔名可以落实了，但胡乔木这十个笔名各自的首次使用和某笔名共发了哪些文章等尚待进一步查证。初看胡乔木这些笔名，他真是把笔名看作"真名"的另一端即"假名"，一看就知道不是真名。

可以肯定，喜欢读书写作的中华人民共和国成立前后政党和国家领袖毛泽东的多年秘书，胡乔木的笔名应该不仅仅只有这十个。有研究者曾指出，一九四五年十一月二十八日重庆《新华日报》副刊发表的十七天前举办的茅盾《清明前后》和夏衍《芳草天涯》座谈纪要中八个英文字母C也是胡乔木。如果能坐实，C的近两千字的发言记录应收入今后出版的《胡乔木全集》，他这天出席座谈会也应该作为"生平事迹"载入《胡乔木年谱》。而且由此，胡乔木的笔名又增至十三个，倘若把"胡乔木"和"乔木"也算上的话。

叶圣陶回复胡山源

偶然见到《扬子晚报》副刊一九八七年八月四日发表的《文坛两寿翁》一文,写这年九十三岁的叶圣陶和九十一岁的胡山源六十年的交往。这篇短文披露说:"一九七三年,胡老去信北京,鼓励叶老挥起'如椽之笔',再创作下去。叶老在回信中自谦说:'小说久已不作,自今回忆旧著,惟以妄弄笔墨为愧,乃蒙齿及,盖增惶然。'"《文坛两寿翁》一文接着又写一九七七年十月中旬(其实叶圣陶的日记就载有这次接待胡山源是这年十月的十八日)胡山源有北京之行,他专程到叶府拜见了"阔别数十年的老友,胡山源返乡后"将几首诗作寄赠叶老。叶老在该年十一月十日的复信中盛赞他"高年尚能作此……不胜艳羡"。

胡山源的文学成就当然无法跟叶圣陶相比,"两寿翁"纯从年岁上讲是可以这么说的。但胡山源和友人们在青年时期创办的"泖洒社"却是中国五四时阶段一个著名的文学社团，其成员发表的小说被鲁迅选入"第一个十年"的《中国新文学大系》而且有所评说，这成了绕不开的文学史实。胡山源，就是"泖洒社"的领袖人物。上文录及叶圣陶写给胡山源的两封信，第二封信全是老人之间说好听话的互相安慰和鼓励，但第一封信应该还有些实质性的内容，正巧见到了叶圣陶这封书信的手迹，全录如下：

> 山源先生：远承 惠书，感甚。小说久已不作。自今回忆旧著，惟以妄弄笔墨为愧，乃蒙齿及，益增惶恐。研究考证评论等工作，诚未尝问津。盖以无能力且无兴致为之，非欲以时力移于创作也。以实奉告，未免使台从失望，歉疚何似。敬请
> 大安。
>
> 　　　　　　　　　　　　叶圣陶上 十月十二日

读了叶圣陶回复胡山源的信，可以揣测出《文坛两寿翁》一文未曾复述的胡山源写给叶圣陶书信的内容。胡山源来信赞扬叶圣陶是文学领域的全能人士，不仅可以写小说、散文、诗歌，连"研究考证评论等工作"

也是一把好手；仅仅因为"以时力移于创作"，所以在其他方面就无法顾及了。叶圣陶收读来信后，以七十九岁高龄却又十分清醒的头脑回复胡山源：你大为赞扬的"小说久已不作"了，而且如今回想起那些旧东西，都以早先"妄弄笔墨为愧"，你再提及它们更加让我增加"惶恐"；至于我平生未去从事的"研究考证评论等工作"，并非如你所讲是我一心弄小说创作而无时间他顾的原因，而是我既没有这些方面的能力也没有这些方面的兴致。

看得出来，七十九岁的叶圣陶完全不接纳七十七岁的同龄人胡山源任何空泛的赞美和期许，甚至给我们以在礼节上让胡山源有过不去的尴尬感受。其实，细细考究，胡山源和叶圣陶六十多年来本来就没有什么深交，连相互的礼尚往来也没有，究其实质这两个老人从一开始文学生活，他们根本就不在一个层面上。叶圣陶是文坛大家，胡山源仅仅是有一点写作兴趣和才华但无法成为一家的文学过客。到了各地党政相关部门大抓本地名人的时段，一些没有全面文史修养的人就呼啦啦把本地所谓"文化名人"生拉硬扯地跟文化大家们攀连，其实很滑稽的。

邓小平对老舍"作出结论"的批示

郝长海和吴怀斌合编的《老舍年谱》一九八八年九月由黄山书社出版发行。这部年谱有《逝世以后》的编年记事,在"1978年"项下载有:"6月3日,在北京八宝山革命公墓隆重举行老舍先生骨灰安放仪式。次日的《人民日报》对此作了详细报道。"

书目文献出版社一九八九年七月出版的甘海岚"编撰"的《老舍年谱》最末一页在谱后用三个梅花符号相隔,据上述《人民日报》等权威报刊的讯息,改编录入了一则谱外重要文字:"1978年6月3日,北京八宝山革命公墓举行了老舍骨灰安放仪式。中共中央副主席邓小平、李先念,人大常委会副委员长郭沫若、蔡畅等送了花圈,邓颖超、廖承志、康克清等参加追悼会,沈雁冰致悼词。伟大的人民艺术家老舍得以平反、昭雪。"

北京十月文艺出版社一九八五年七月出版的两卷本

《老舍研究资料》由曾广灿和吴怀斌编，在卷首《老舍传略》末尾一段也浓墨重笔写道："粉碎'四人帮'以后，'人民艺术家'老舍冤案得以昭雪，恢复了名誉。一九七八年六月三日，经中共中央批准，由中共中央统战部、国务院文化部（现中华人民共和国文化和旅游部）、北京市革委会、中国文联、中国作家协会联合主办，在北京八宝山革命公墓隆重举行了老舍骨灰安放仪式，全国政协副主席、中国作协主席茅盾致追悼词，对老舍先生的一生和他对中国新文艺发展的贡献给予了肯定和高度评价。"

以上的文字，都是根据当时所见的报刊公开材料予以改写的，见到中国档案出版社和大象出版社于二〇〇四年六月联合出版发行的大十六开四卷本硬精装《邓小平手迹选》第四卷第十五页邓小平批示手迹，可以对有关老舍"得以平反昭雪"的史实补充重要的讯息。

原来一九七七年八月十三日，正出席中国共产党第十一次代表大会的邓小平，亲自为老舍夫人胡絜青请求尽快给老舍作结论一事用专用铅笔批示："对老舍这样有影响有代表性的人，应当珍视。由统战部或北京市委作出结论均可，不可拖延。建议请吴德同志处理。"邓小平批示中提及的吴德，当时任中共北京市委书记。虽然中央文献出版社二〇〇四年七月出版的两卷本《邓小平年谱 一九七五——一九九七》内有邓小平这则批示的主体文字，但仍不如手迹看起来更真实更亲切。

可惜，《邓小平手迹选》只影印了邓小平的批示手迹，如果能把老舍夫人胡絜青的"请求"也一并影印出来，我们就可以多出一项史实，即胡絜青的"请求"写于何时、写了什么，对于深入了解中央给老舍"作出结论"的详情是有益的。

虽然老舍夫人胡絜青递交的报告让邓小平批了字，就是说事实上已经通了天，但毕竟还是要走够相关组织部门的应有程序，老舍的最终平反，还得具体机构的负责人来办理。在一九九八年九月由海天出版社印行的张光年的书名为《文坛回春纪事》两卷本日记中，张光年在一九七八年二月十八日这一天中写道："下午……胡絜青及女婿来谈老舍（冤案）问题。"

向具体部门的负责人直接汇报了，还得等待合适的时候公开执行，老舍的平反是用在八宝山安葬骨灰的隆重形式落实的。艾芜一九七八年六月四日写给他夫人王蕾嘉的信中有当时的现场记载："昨天下午在八宝山举行老舍的安葬会，我去参加了。据说，骨灰没有了，早给当成反革命的骨灰乱丢了。只好放一支他生前使用过的钢笔,放在空的骨灰匣中,借以代替骨灰。由于开会的代表全体参加,再加北京的人,据说盛况空前。"

艾芜书信中说的"开会"是指一九七八年五月二十七日至六月五日在北京举行的中国文联第三届全国委员会第三次扩大会议,这次会议的到会代表以及在京文艺部门负责人和文艺界各方面的人士一共三百四十多人,都去参加了老舍的骨灰安放仪式,当然就是艾芜书信中说的"盛况空前"了。就是在这次大会上,老舍夫人胡絜青还被安排有一次题为《党的阳光温暖着文艺界》的发言,发表出来的有四五千字,算是较长的篇幅,其中主要是谈老舍的平反问题,比如:"老舍去世之后三年,叛徒江青授意要在北京对他进行公开批判。《北京日报》先后用了整整十版的篇幅对他滥加指责,……甚至盗用龙须沟居民的名义说话剧《龙须沟》臭得比龙须沟还臭。……对于这个江青直接插手的冤案,我强烈要求有关单位予以彻底查清。这个冤案的内幕,至今还没有着手清理,……"

茅盾会见陈幼石

茅盾一九七七年没有留下日记，在一九八四年八月湖南人民出版社印行的《茅盾研究在国外》第五百〇六页注文中，发现了该年的茅盾一起行踪："一九七七年，本文作者与茅盾会见时，问及他关于二十年代末三十年代初他所写的小说与当时中国革命运动形势的关系，……他写道：'那段时期的文学论争与当时对革命形势的不同观点联系密切……原因是当文学为政治服务时，党内不同政治路线必然会反映在文学创作的主题和方法上。'"

这是美籍华人女学者陈幼石长文《茅盾与〈野蔷薇〉：革命责任的心理研究》的注释之一，但茅盾"写道"的引语后，译者雨寒有一个括注"原文未注出处"。刚巧手头陈幼石一九九三年三月由社会科学文献出版社印行的《茅盾〈蚀〉三部曲的历史分析》专著

"后记"写到了这次会见，正可互补。

原来，陈幼石一九七七年九月十七日来北京后就提出拜见茅盾的希望，一天晚间十一点时得到消息说茅盾同意会见，但要陈幼石先书面提出"想问些什么问题"，陈幼石立即于饭桌上的微醉中"拿起钢笔，从笔记本上撕下两三张纸，稍一凝神，便花花花的一落之下"，写毕其丈夫觉得"字迹太潦草"，把其中最难辨认的几个字重新用正楷描过，就托人送往茅盾处。等到陈幼石从大寨参观回到北京，就"闻聆"茅盾处通知的会见时间和地点，时间是一九七七年九月二十九日下午两点，地点是"政协大礼堂第四室"。

陈幼石《茅盾〈蚀〉三部曲的历史分析》专著"后记"继续写道："那天下午我当然准时去了。到了大礼堂，我远远的在甬道这一头就看到第四室门前站着三个人，扶了手杖站在中间的是茅盾本人。一到他面前他就递了四页用正楷小楷手书的答问给我。后来在二小时半的会谈中，……茅盾并不正面回答我问的一些有关他早年在中共革命运动史中的问题。那时离他开始发表《回忆录》还有两年。我要知道的事太多了。和茅盾那次的谈话，好象是一场猜谜大赛。虽则各人用的语言表面上并不接头，但是谁也没有意思早早结束。我非常自私的每过了十多二十分钟就问一次茅盾是不是累了。他总是很平静的回说'不累'。靠在椅中神情安详自如，鬓际微沁汗粒。我于是又天南海北的问起来了。从他这二小时半的时间中，有问必答（不管答的内容接不接茬）这一点上，我就知道不必再在文字上作'写实'的推敲了。"

跳过一个自然段，陈幼石再写道："一九七九年五月底六月初，我为学校公务又到了一次北京。并把我三篇写完了的《牡岭之秋》《野蔷薇》和历史小说论文的手稿请人送给了茅盾。那时知道他烦见人就没有再要求见他。后来又和茅盾写过一次信，说等我《蚀》三部曲的论文写完后带了稿子再去看他一次。不料茅盾先生在一九八一年就过世了。"

本文开始所说的茅盾"写道"的引语后，译者雨寒那一处括注"原文未注出处"的"出处"，显然就是茅盾会见陈幼石时面递的四页正楷小楷手书的答问中的一段。被茅盾会见的陈幼石为美籍华人女学者，浙江临海人，一九三五年生于上海也长于这座大都市，一九五七年在台湾大学外文系毕业后赴美。访问茅盾时，陈幼石在美国亨特学院任教，一九九四年转任美国明尼苏达州立大学教授。

有了以上的可靠记载，茅盾一九七七年九月后与陈幼石的来往，大体可以钩沉出一些史实细节，至少可以丰富茅盾这一年缺失了很多天史料文献佐证的行踪。

流沙河编《三江文艺》

流沙河在一九九八年十月十三日的日记中总结道："二十年来最深记忆有三，一是文化馆一年工作，一是八零年秋北戴河尧山壁之邀，一是作代会。"第二件事，是河北省作家协会的文学活动组织者尧山壁邀请流沙河这个唯一的外省作家参加他们本省作家在北戴河举办的文学活动。第三件事，是流沙河作为全国作家代表之一隆重出席"文革"后举办的全国第四次作家代表大会。按时序排列第一的"文化馆一年工作"，作为金堂本县稍有阅历的文学工作者或读者，自然应该都隐约知道是怎么回事。但是，要说得清楚些，还得来一番查考。

幸存的流沙河日记手稿本，恰巧有相关载录，正可以过录供赏。

一九七八年十二月二十日的日记中写道："今天下午被正式通知，明日下午2点去县上报到，工作单位是县文化馆，工资是二十二级。"次日的日记又写道：午后"去赵镇，到统战部，被通知安排在文化馆工作，22级。然后去文教局办手续，领得表格一份"。再过一天，二十二日的日记较详细，涉及"工作"者有："昨夜填表写自传，直到鸡叫头道，才去睡了"，早饭后"去赵镇，又去文教局交表格、办手续，又去统战部办手续，然后去文化馆报到"。

翻过阳历又一年，一九七九年一月四日的日记中流沙河写道："去年12月24日早晨"他"乘公共汽车告别城厢镇来到县上，报了到，住在东风旅馆"，"工作尚未正式安排"。也就是说，流沙河一九七八年十二月二十四日正式到了金堂县城，然而具体在文化馆从事什么工作，尚无明确的安排。

见到一九七九年四月三十日流沙河写给未曾谋面的成都文友贺星寒的书信手迹，在最末一段有"我目前工作颇忙。这里的同志关系好处"的叙说，联系田永安《我与沙河老师的三次见面》一文开始部分的回忆，可以推测出金堂县文化馆决定让流沙河编"铅印定期刊"的季刊《三江文艺》，就在一九七九年头两个月。田永安的《我与沙河老师的三次见面》发表于金堂县文化馆主办的《迎春花开》二〇二一年春季号上，此文开始头三段写及一九七九年四月流沙河主持的"《三江文艺》的约稿会"的情况,相当真实地复原了流沙河开手编"铅印定期刊"季刊《三江文艺》的工作现场,不仅颇具正规文艺刊物的开办气氛,而且中规中矩地讲究程序。

这次金堂县文化馆"铅印定期刊"季刊"《三江文艺》的约稿会"在赵镇梅林公园内举行,当时县文化馆就设在梅林公园,流沙河也住在这里。"约稿会"的会场在一个大会议室,"偌大一个房间内安放着一张乒乓球桌",备有开水和报名册,凡有与会者光临,流沙河就"赶紧起身"为来人"让座并端来开水","之后又在报名册上"予以登记。实为"铅印定期刊"季刊《三江文艺》执行主编的流沙河充当了这次"约稿会"的唯一的接待人员,给人的印象是"谦逊、拘谨,身上没有一点名人的架子"。

田永安的文章,稍后还写他"第二天清晨"于金堂县文化馆当年所在地的赵镇梅林公园见到"晨练"的流沙河的样子:"长裤单衫、细臂细腿、跨着大步"——矫健活泼、开朗愉悦的身姿,与流沙河写给贺星寒信中所说"这里的同志关系好处"完全一致。

流沙河一九七九年十二月十四日的日记有一大段写及《三江文艺》,照录如下:"上午处理完了堆下的

《三江文艺》的稿件,可用的与不用的分别放回我原用的办公桌的抽屉中。至此,在《三江文艺》经我手出了两本以后,我与该刊之关系遂告结束了。"从这个"现场记录"来看,《三江文艺》到一九七九年的年底,说是季刊,其实只由流沙河编定印出"两本",已经找见的"改版为铅印定期刊"一九七九年第一期《三江文艺》封面上刊名为颇具书法功底的毛笔墨书手迹,四个字成熟老到、字字平稳,从"三"字笔画排列来判断,应该是一位练过多年书法的高人所写,但可以确定不是流沙河的字。而且整本刊物也没有"流沙河"的留名痕迹,无论是"主编""执行主编"还是"编"等,他都没有署名。在卷末封三有一页《改版征稿启事》,署名也是"金堂县文化馆《三江文艺》编辑组"。

这本"改版"后的"铅印定期刊",正文共六十四页,但最后六页也仍然是蜡纸钢版刻写了的手动滚筒油印的文件,由十六开折叠为三十二开本,再统一编码装订。这是三首歌曲,因附有简谱,估计当年印刷厂排不出曲谱。没有找到"改版"前的《三江文艺》,希望知情者予以介绍,能提供实物更佳。流沙河编的这本一九七九年第一期《三江文艺》,其中的"金钱板"《再借芭蕉扇》写于一九七九年三月二十九日,足见印出来最早至少也这年四月上旬了。是不是印出了这年头一期《三江文艺》，流沙河决定召开以后各期的"约稿会"，与会者大多是头一期刊物的投稿者，前引田永安的文章没有交代。

当年金堂县文化馆所在地的赵镇梅林公园，是流沙河任职《三江文艺》编辑一整年工作和居住的地方，在这儿不仅由流沙河亲手编定两期《三江文艺》且印刷成册发行，他还亲自组织召开约稿会、亲自接待与会者，希望有更多更详尽的回忆文章写出来发表。流沙河在赵镇梅林公园编辑《三江文艺》，肯定为约稿、改稿和其他编辑事务写了不少书信，希望保存至今的能提供给流沙河文化陈列馆文案组，以便进一步研究。

更让我们金堂人自豪的，是在金堂县文化馆当年所在地赵镇梅林公园工作、生活的一年中，流沙河为中国新时期的诗坛奉献了好多首传遍大江南北的新诗作品，有一些诗的后面都写着诸如"1979年暮春在故乡的沱江北岸""1979年6月在故乡的文化馆""1979年伏夏于沱江之阳""1979年仲秋改稿于沱江之阳"等等，这些诗篇中就有发表于一九七九年七月四日《人民日报》上的《梅花恋》。这首纪念朱德总司令的著名诗篇《梅花恋》，让金堂县赵镇梅林公园，因为有了流沙河的激情书写，该公园已成为世界著名公园之一，说是"世界诗园"之一也不过分。

也因此，作为流沙河故里"流沙河文化研究项目"的核心成员，我这里郑重建议，将"流沙河文化陈列馆"移建于此公园当年流沙河生活、工作了一整年的原县文化馆旧址上，使之有根有据地成为人类诗歌乃至人类高雅文化的圣地之一。

应是三件珍品

著名作家叶圣陶去世六年又两个月后的一九九四年四月十七日,李致在《成都晚报》副刊《锦水》发表了怀念短文《两件珍品》,谈他手中的"两件珍品":一件是叶圣陶写给李致的书信、一件是李致本人收藏的《叶圣陶散文(甲集)》签名本。查阅二〇〇五年十二月由人民教育出版社印行的四卷本《叶圣陶年谱长编》,这部由北京大学商金林教授费几十年心血"撰著"的二百多万字工具书,李致文中所叙同一时段均无与李文相应的载录,不妨转述。

头一件"珍品"是叶圣陶收读了李致任总编辑并代其供职的四川人民出版社约稿信的回信,全信如下:

李致同志惠鉴:

上月二十九日大札诵悉。深感渐愧,我近时作

文甚少，偶有所作，受嘱托而为之，不足观览。尊意殷勤，而我无可贡献，列于近作丛书之林，徒唤奈何。匆此奉答，即请

著安

叶圣陶启　八月五日

这封未引起叶圣陶著作界和研究界重视的已刊书信，揭示了四川人民出版社系列的近作丛书何以没有《叶圣陶近作》的"内幕"。因为这套"近作丛书"阵势颇为壮观，其作者几乎包括了当时健在的全部名家，如茅盾、巴金、丁玲、艾芜、夏衍、罗荪、郭沫若、康濯、王西彦、萧军、周立波等等，其中巴金的"近作"先出了四本后，由尚在该社工作的我建议改为合印本《讲真话的书》而成为名著，简直是一个时代的号召。阵势如此壮观的"近作丛书"何以没有《叶圣陶近作》，有了叶圣陶一九七九年八月五日写给李致的这封信，此事可以有答案了。

第二件"珍品"，是李致带一本四川人民出版社一九八三年三月印行的《叶圣陶散文（甲集）》，于该年十月九日拜访叶圣陶，这天的叶圣陶日记并未记载这事，只记了老舍夫人胡絜青来访的事。李致是巴金的大

哥之子，也算文化人，有记日记的习惯，他不会虚构此事，自然应载入《叶圣陶年谱》。这一次叶圣陶接待李致，还对李致任总编辑的四川人民出版社出版的《叶圣陶散文（甲集）》"表示满意"，还为李致带来的该书题词曰"李致同志持此册嘱签名，深感雅意。叶圣陶 一九八三年十月九日"。但从生活·读书·新知三联书店次年十二月印行的《叶圣陶散文乙集》的《编后琐记》来看，四川人民出版社印行《叶圣陶散文（甲集）》从一九八一年年底拖到一九八三年年底才出书，作为叶家的人并不"表示满意"，因为"书信往返"商谈书稿时"有时候教人等得心焦"。但李致一直到写作《两件珍品》的一九九四年春，仍相信着叶圣陶的客气话是真的。

文章题曰"应是三件珍品"，这第三件"珍品"是李致本人完全没有了印象的一本叶圣陶为他签名的《我与四川》。叶圣陶《我与四川》一九八四年一月仍由四川人民出版社印行，李致得到的作者签名本上有"李致同志惠存 著者 叶圣陶 八四年六月"的扉页题词钤印，这本签名钤印本书是怎么个过程，李致没有写，不便推测。

我也是偶然发现书架上这本《我与四川》是叶圣陶的亲笔签名本的，肯定是从旧书摊上买了至少二十年了,因为书中有我阅读时写下的笔记字迹可以判断不是近十多年我写下的字。而且,如果我早发现是叶圣陶珍贵的签名钤印本,我也不会在上面做笔记。

这么一来,与李致有关联的叶圣陶"三件珍品"都可以载入更详尽的叶圣陶年谱类著述了。

流沙河写《老人与海》

收有八十题一百二十八首新诗的《流沙河诗存》，二〇一九年五月由四川人民出版社印行，"选编"任务由流沙河的胞弟余勋禾担任，该书录"存"了长诗《老人与海》。"选编"者六千字的《为家兄序》用一个整自然段五百字多方面地介绍了"流沙河写《老人与海》"，开头就说"诗中真实记载了邓小平北戴河海滨游泳，受到老百姓亲切围观和与民同乐的情景，作者在现场感动得落泪"。这篇《为家兄序》写于"二〇一七年秋"，当时流沙河健在，其胞弟所讲诸如"作者在现场感动得落泪"等细节，很容易被读者认为是流沙河自己亲口叙说过的。但是，真实的史况却不是这样。

整整十七年前的二〇〇〇年九月二十二日，成都《天府周末》发表了一篇《与流沙河的一段因缘》，作者尧山壁。这个尧山壁就是创造了系列条件让流沙河写出《老人与海》的功臣之一。在一九八〇年八月初至八月下旬的二十多天里，尧山壁以河北省作家协会的名义操办了"北戴河诗会"，参加者是河北省三十几个老中青诗人，省外只请了流沙河一个人。这次的北戴河诗会安排很宽松，每天上午座谈、下午游泳。参加诗会的三十几个诗人中有河北黄骅县（今黄骅市）文化馆《诗神》杂志时任编辑何香久。根据尧山壁的回忆，何香久是让流沙河写出《老人与海》的又一个功臣，我们来看尧山壁的回忆。

在《与流沙河的一段因缘》中，尧山壁这样写道："有一天何香久从外边回来，按捺不住的惊喜，说亲眼看见了邓小平同志从西山下来到海滨游泳的全过程。沙河兄从小平同志的沉浮，想起了自己的往事，背过身去摸出手帕，悄悄在揩着眼睛。他匆匆吃完饭直奔西山，面对那一片海域望了很久，沉思了很久，直到夜幕降临，他眼里蓄满了水色星光，心里蓄满了浪花涛声，一首诗开始酝酿：

　　他不得不从头再学游泳

　　猛击着狂涛怪浪

　　三次浮

三次沉

这就是后来轰动一时的《老人与海》。"

尧山壁的回忆文章写于北戴河诗会之后的二十年，虽说既具体又生动，仍然不可以当成可信的"文献史料"采用。好在流沙河这一年的完整日记被保存了下来，细细研读之后，得知《老人与海》原始的酝酿和写作史况，略作撮述。

尧山壁生动具体回忆的何香久对包括流沙河在内的人讲述他"亲眼"所见"邓小平同志从西山下来到海滨游泳的全过程"的事，流沙河日记中没有对应的记载。在一九八〇年八月六日的日记中，流沙河写了他与人昨天夜晚散步时得知邓小平已在北戴河休息。十日夜间散步时又听说邓小平"上前天回京了，在此地海滨曾经与群众混在一起下海游泳，起来还拍了照片"。也并非有意，在十六日流沙河同其他几个人到邓小平来北戴河休息时的住地大门口去，从"门口岗兵"的叙说中，得知"邓副主席出入要问候我们，要握手"，"上次邓副主席来，精神很好，不坐车而步行下山去海滨游水"，"那天他一出门，遇上群众，多达两百人，围住走不通，他一一握手，到海滨又与群众照相。邓副主席昨天才离开这里去北京开会。他出大门来，与我们握手，说我们辛苦，说他要去北京开会去了"。

从日记上看，流沙河要写《老人与海》，没有告诉任何人。直到其他全体参加北戴河诗会的人都走了的二十一日，流沙河这天下午"开始写《海与老人》，写邓伯伯的"。这天深夜他独自一个人"去海滩听潮看月，归来继续写《海与老人》"，一直"写到半夜过"。二十二日，"全天专心致意写《老人与海》，写得满意"，中途短暂接待一位"托他买茶叶"的当地诗人后，流沙河"去海边望月听潮。归来又写，到半夜写完"。二十三日，"晨起便立刻动手精抄，一边抄一边哭。抄好后，给李小雨一短信，说明此诗《老人与海》（原题《海与老人》）背景材料"。日记中还说"在细细精抄过程中"虽然服务员送来久盼的家信，流沙河也"顾不上拆看。抄完了，才看信"。下午五点，流沙河急忙步行去当地邮局，把一封信和《老人与海》的"精抄"原稿一起寄往北京《诗刊》的编辑李小雨。李小雨是著名诗人李瑛的女儿，也是诗人，时任《诗刊》专职编辑，负责跟流沙河联系。

现在可以明确地讲：写《老人与海》之前，流沙河并没有亲临当时"邓小平北戴河海滨游泳"的"现场",因而余勋禾《为家兄序》中所谓的"在现场感动得落泪"也就无从说起。甚至,尧山壁回忆文章中说的听何香久讲述"亲眼看见了邓小平同志从西山下来到海滨游泳的全过程"的时候,"沙河兄从小平同志的沉浮,想起了自己的往事,背过身去摸出手帕,悄悄在揩着眼睛"一节,也不敢相信是真实发生过的,很可能是尧山壁据《老人与海》中的诗句:

> 有一个书生想起往事
> 忽然背转身去
> 摸出手帕
> 悄悄地揩着眼睛

而"想当然"地合理合情"构思"出来的场景。因为写《老人与海》的三天之中,尧山壁与何香久都离开了北戴河海滨,北戴河诗会的参加者三十几人中没有一个人知道流沙河在北戴河构思并写下《老人与海》这件当年中国"诗界"的大事。

在北京一九八一年一月十日出版的该年第一期《诗刊》头条隆重推出一百六十九行的《老人与海》,诗末有模糊的写作时间和写作地点"1980年初秋写于北戴河海滨"。到了一九八二年十二月上海文艺出版社印行的《流沙河诗集》中,所收该诗末尾的这个写作时间具体地化为"1980年8月21—23日",与流沙河日记所载完全一致,当系流沙河自己补订。但上海文艺出版社印行的《流沙河诗集》中收录的《老人与海》的文本有近二十处改动和一行诗句的补加,暂时弄不清是流沙河自己的改动和补加还是出版社的"编辑加工"。依我个人的看法,《流沙河诗集》对《老人与海》近二十处的改动和补加都不太成功,还是应该恢复《诗刊》初刊文本的样子,因为改动和补加的地方并不高明。三十八年之后,到了《流沙河诗存》所收录的《老人与海》文本,照录一九八二年十二月上海文艺出版社印行的《流沙河诗集》中的该作品,不过有几处疏漏,如将两处应该空出一个字的地方忘了空,也应该在再版时予以补订。在文本学上,《流沙河诗存》中的《老人与海》不是一个独立的文本。至于对这首《老人与海》诗作内容的分析和理解,当然可以"百花齐放"。但《老人与海》肯定不是"真实记载"邓小平某一次的游泳,而是流沙河全新原创性质的"诗意描述",这一点应该成为共识,不该在史实这个硬性存在上导致人为的分歧。

徐诗"全编"的署名

由浙江文艺出版社一九八三年七月初版印行的《徐志摩诗集（全编）》的《编后》中，编者顾永棣写道："对徐志摩的作品我早在童年时代就有所接触，但促使我下决心要编纂徐志摩诗作全集，却发端于六年前的一次偶然提问。"该《编后》文末没有写作时间，依当年的书稿排印进度，该书稿截稿应该在一年前的一九八二年夏天前后，"六年前"就是"文革"结束后的一九七六年秋冬。那时顾永棣在徐志摩故乡的浙江省海宁县（现海宁市）（硖石）东山中学教高中，据他在《编后》中所说，他"问高中毕业班学生"："你们知道徐志摩吗？"许久才有"八岁左右时'随造反英雄'砸了徐志摩的坟墓"的男生回答说"徐志摩是写诗的反革命"，但这个男生又马上承认自己"没有"读过徐诗。

四十三四岁的顾永棣从那时起，利用寒假、暑假和其他休息时间自费到全国各地的大小图书馆查阅老旧书报刊，抄录徐志摩的诗歌作品，用了五六年的苦功夫，终于辑编了截至那时为止最齐全的《徐志摩诗集（全编）》。已见该书在版权页署名"顾永棣编"，于浙江文艺出版社一九八三年七月第一版第一次印二万五千册；一九八七年六月仍在该社改书名为《徐志摩诗全编》，封面、扉页、背脊和版权页均署名"顾永棣　编"，已印至六万五千册。这两种印本的"责任编辑"，都是"李均生　张德强"。

但上述徐诗"全编"到了一九九〇年一月，书名前补加小号字"编年体"，书名仍是"《徐志摩诗全编》"，署名却换成了"梁仁　编"。再过半年，书名又改为"《徐志摩诗作全编》"，编者改为"本社编"。一直到一九九八年四月，"1990年1月第1版"的《徐志摩诗全编》（编年体）"印至第9次"、印数多达十八万四千册时，编者仍署名"梁仁　编"，责任编辑只剩了一个人叫"张德强"。这个"张德强"又化名"强公"，"选编"了一本《徐志摩诗》也在浙江文艺出版社印行，出版时间为二〇〇〇年一月，还标为"新1版"。署名"强公　选编"的《徐志摩诗》，该书"责任编辑"仍是"张德强"一人。

上述徐诗"全编"的编者署名，引起了学界的关注。北京大学毕业的著名学者陈学勇写了一篇《关于徐志摩的佚诗》，收在二〇〇一年九月江苏教育出版社印行的陈著《浅酌书海》中，文中"猜想"浙江文艺出版社印行的徐诗"全编"的署名"'梁仁'可能是顾永棣和另一位先生两人合用的署名。梁仁者，两人也"。陈学勇不愧为北京大学出身的高才生，在学问上也是"勇"于"猜想"，可惜事实不顺着将就他。

上海的学林出版社一九九七年七月印行的《徐志摩诗全集》，就是浙文版徐诗"全编"的增补本。六十岁刚出头的顾永棣为该书写了"后记"，在这篇"后记"中他就编者署名"梁仁"的事，说了个明白："原来梁仁是'两人'的谐音，此'梁仁'正是我《徐志摩诗全编》两位责任编辑。"为这个署名，顾永棣还打了三年的官司，"但最后还是一纸'御状'，才讨回一个公道"。顾永棣没有来得及详述的"御状"之具体情况，估计他二〇一六年十月十七日以八十二岁高龄去世后，若有人为他编印纪念集，会有知情者在回忆文章中提及这件事的，那时我们就可以弄个清清楚楚了。

由人代写的艾芜一序

二十卷本《中国抗日战争时期大后方文学书系》第三编是四集即四卷本的《小说》部分，由艾芜担任"主编"。按该"书系"规定，这个"小说"部分的序也由主编艾芜写。如今翻查一九八九年六月这套由重庆出版社印行的"书系"中《小说》四集，每"集"扉页都印有"主编 艾芜"，"第一集"《目录》后正文前是四集"小说"的《序》，作者是手迹签名"艾芜"，一千三百字序文后是写作时间一九八七年十二月五日"于成都"。

查阅艾芜日记，有九处相关记录，逐一抄释，把一些欠缺处予以订正。

一九八七年十月十六日："收到西南师范大学苏文光的书《抗战文学概观》，又收到信，商量编选抗战小说选。"艾芜日记把苏光文的名字写反了，后面的"抗战小说选"就是上述"书系"的"小说"部分。

隔了一个月,一九八七年十一月十六日:"为重庆出版社编的《抗战小说选》考虑怎样写好序,且拟定一个提纲。"

一九八七年十一月二十五日:"开始为重庆出版社的《抗战文学选》其中小说那部分写序言。"

一九八七年十一月二十六日:"为抗战小说写序言。"

一九八七年十一月二十七日:"续写序言。"

一九八七年十二月八日:"修改《抗战小说选》的序。"

一九八七年十二月九日:"修改《抗战小说选》序。"

一九八七年十二月十六日:"收到苏光文信。谈抗战文艺小说选问题。"

一九八七年十二月十七日:"回西南师大教师苏光文信,并将《抗战小说选》的序文再改一次,交蕾嘉看有无错字,然后附在信里寄出。"这里的"蕾嘉"就是艾芜夫人王蕾嘉,她也是左联作家,早年写过诗歌和散文,参加过不少文学活动,中华人民共和国成立后还曾当过北京《文艺学习》的编辑。

从艾芜日记来看，艾芜本人对待这次"主编"任务和写序工作，是认真的，从头至尾都有记载。

但是，在二〇〇一年三月重庆出版社印行的《重庆出版社50周年纪念文集（一）》中读到杨希之《走进老作家》一文中的《四川的两位老作家：艾芜和王火》，找得另外的应该也绝对可靠的相关史料载录。

在苏光文写信给艾芜之前，杨希之的文章写道："一九八七年七月十日，我和沈世鸣总编辑专程到成都拜访艾芜，准备聘他担任《中国抗日战争时期大后方文学书系·小说编》的主编。早就听说艾芜是一个性情温和的人，见面以后他果然笑容满面，十分客气。艾芜的身体比较瘦弱，说话的声音也比较小。沈世鸣总编辑曾在西南文联的宿舍住过，与艾芜做过邻居，所以，说话比较随便。他寒暄几句后就切入正题。艾芜表示愿意担任小说编的主编，但又谦虚地说：'主要工作还是你们做。你们把选目基本确定以后，我再看一看。在抗战初期，我们写了一个《卢沟桥演义》在《救亡日报》上连载。当时，谢冰莹影响较大，如有好的作品是否可以选入。'……这次和我们谈话不是很多。"

杨希之接着写道："……小说编的选目已基本确定，于是我在一九八八年十月专程去了一趟成都，……

征求他对选目的意见。当时，我和老作家李华飞一起去看望艾芜。艾芜在医院里审读了李华飞代写的《序言》，并作了修改。接着，他又听了我们的汇报，审看了选目。他十分抱歉地说：'我身体不好，没有尽到主编的责任，你们辛苦了。'艾老真是太客气了。"

艾芜一九八七年的日记缺了四月五日至九月三十日的，杨希之的回忆正好补入其中一天的重要事迹。十月的现有日记，不见记录李华飞和杨希之的来访，具体哪一天无法落实。现在要寻找的是艾芜亲笔写了寄给苏光文的序文原稿，如能找到，就可以和"李华飞代写的《序言》"进行比较，看究竟出版社何以不用艾芜亲笔写的序，而要另由李华飞"代写"。李华飞在这套书中没有职位，杨希之是"小说"四卷的责任编辑。

冰心的一封信

北京的名牌杂志《读书》月刊一九九〇年一月出版的第一期，发表了一封冰心的书信，该封书信写于一九八九年十一月一日，很短，全信抄录如下。

光中同志：

令慈大著《一个女教师的自述》已拜读，不胜感佩。做母亲又当教师是件极不容易的事情！匆肃祝好！

冰心 十一、一、一九八九

人们的印象中，出版《读书》的生活·读书·新知三联书店，是文化意识很浓厚的以出版高层次文化读物为主的专业出版社，《读书》又是国内顶尖级别的老派"读书"类月刊，一切都该尽善尽美才对。然而，在发表冰心这封短信的这一个小小事件上，让人稍觉欠妥。

先说冰心此信被标题为《一个女教师的自述》倒是无可指责，但作者标为"冰心、光中"就有点小麻烦了。"光中"是冰心该信的受信人，读其在冰心书信后面写的三百多个字幅的说明，仍不知道其真实姓氏，不可能姓"光"吧！仅仅知道其已故母亲任桐君"最近"在"三联书店"公开出版了一本回忆录《一个女教师的自述》，其念及比其母小一岁的冰心正值九十大寿，便"附函致意"，随信赠送了母亲生前写的这一本回忆录，"只盼"冰心老人"能闲时浏览足矣"，"未料她仅半个月便读完"，还亲笔写了回信。《一个女教师的自述》和《读书》月刊都是生活·读书·新知三联书店出版的，无疑地冰心这封书信就有了广告作用。但，这期《读书》月刊编者对于"光中"的说明，并没交代其母亲的回忆录是何年何月才出书。举手之劳，就一直这么缺失着。

找来一本这书才知道，任桐君的自传《一个教师的自述》是一九八九年四月出版的。从该书斯霞的"序三"中得知"光中"的父亲姓杨，不出例外的话，受信人的全名该叫"杨光中"。这样，冰心这封书信的规范题目，该标为《冰心一九八九年十一月一日致杨光中》。

如上所述,《冰心年谱》类著述,在一九八九年十月十五日至该年十一月一日这个时段,可以有根有据地登录:"冰心收到杨光中祝寿来信并寄赠的其母亲任桐君回忆录《一个女教师的自述》。冰心花了半月时间读完,于一九八九年十一月一日写了短信,该信初刊一九九〇年第一期《读书》月刊,未收入《冰心书信全集》和各个版次的《冰心全集》。"

对卓如"著"的一九九九年九月由海峡文艺出版社印行的近四十万字的《冰心年谱》,我早不抱期望,这本书真是敢"著"敢出版,而且作者还是晚年冰心身边长期工作的秘书呢!但对特别善于张扬和表现自己的首任冰心文学馆馆长王炳根编著多达两百万字的《冰心年谱长编》没有登录上述一封已公开发表的冰心书信,我觉得必须提出批评!这部二〇一九年十月由上海交通大学出版社印行的巨卷专著,实在是大而无当地胡乱抄书的拼凑,"编著"者连最基本的史料训练都没有,弄来那么多钱公费自由地全世界到处跑,却弄出这么个无法让读者使用的东西。

末了,也得批评《读书》,至今我也搞不清"光中"是不是就叫"杨光中",更不敢判定"光中"到底是任桐君的儿子还是女儿。如果健在,"光中"今年即二〇二〇年也是九十高龄了呢,给冰心书信写注文,"光中"自述已"年过花甲"。

《七家诗选》的初版

语文出版社二〇一七年七月在北京印行了三十三万字的《七家诗选》"增订本",该书《后记》中写道:"一九九三年,《七家诗选》由中国友谊出版公司出版,收录艾青、蔡其矫、流沙河、邵燕祥、陈明远、傅天琳、舒婷的代表诗作二百余首。这部诗选被许多大学文科院系作为教学与研究的参考书,深受读者欢迎,影响深远。"

一年有十二个月,初版《七家诗选》一九九三年二月在北京第一版第一次印行。得见三封《七家诗选》初版本三位主事者相关的亲笔书信手迹,知晓了该书操作编印的最早实况,予以转述,供教学工作者和学术研究者参考。这三封书信分别写于一九八八年二月二十七日、一九八九年四月十八日和一九九二年四月二十八日,已是三十三年前和二十九年前的事了……

书名叫《七家诗选》,是稍后的情形。最早拟定的书名为《八家自选诗集》，正书名后有一个破折号，紧接着的副书名为"载入《世界名人录》的中国当代诗人代表作选"，已紧张筹备，计划在一九八九年五月上旬就下厂付印。正书名"八家"分别为艾青、蔡其矫、流沙河、邵燕祥、陈明远、北岛、傅天琳和舒婷。根据时任出版社相关责任编辑的设计，书中有八位诗人的照片和体现各人"人生真谛"的毛笔题词并签名。而且当时承接出版该书的是世界知识出版社，责任编辑是张光勤。

应邀代替世界知识出版社最初约稿的是诗刊社的邵燕祥，所定入册的名单就是前一年英国欧罗巴出版社的《国际名人录》一九八七年版收入的中国当代诗人，开始也是七个诗人，但没有舒婷，后来又成了"八家"，加上了舒婷。但最终的定本，又没有了北岛，变成了《七家诗选》。

直到一九九二年四月底，仍然是受伦敦《世界名人录》（*The International Who's Who*）传记中心总部的委任，陈明远出任其"驻中国代表"，重行操持《七家诗选》的出版进程。因为当时的国家新闻出版总署规定世界知识出版社不再出版中国国内的文艺作品，经协商，《七家诗选》交中国友谊出版公司正式印行，内定出版时间为一九九二年五月、印一万册。结果，这两个"内定"的预报都打了折扣；出版时间迟至一九九三年二月才见书，晚了半年多；印数也只四千册，少了六千册。

初版《七家诗选》由蓝棣之于一九九二年四月十二日写了一篇长序，蓝棣之觉得：把艾青、蔡其矫、流沙河、邵燕祥、陈明远、北岛、傅天琳和舒婷列入《世界名人录》的"名单"，"是比较客观和公正的，所持标准是可以接受的，看不出其中存在着特别的意识形态偏见，我认为这里的选择是诗歌本身"。蓝棣之不愧是学者，他善于把已有事件分析出所以然来。如这七个诗人分别生活在三个不同的地区即北京、闽南和西南，序作者蓝棣之立即给出"金三角"的"定性"，理直气壮地说："他们所分布的这三个地区，正好构成了中国大陆的一个金三角。"——如此，一个中国二十世纪后五十年间七位著名诗人"地理客观层面上的逻辑意义"（我的杜撰）就诞生了。

这部《七家诗选》在近三十年后，又在语文出版社出版了"增订本"，证实该书真的是"深受读者欢迎，影响深远"。

三K党成了三个叉

一九八六年四月十八日梁实秋在台北为正中书局一个月后印行的《雅舍小品合订本》所写后记中，谈到了这本小书近四十年前的校对和编印情况，他说："商务印书馆在北平设有京华印书厂，《雅舍小品》即由该厂承印，我就近亲自校了两遍，但是鲁鱼亥豕仍难全免。清样校毕之后，久久不见该书出版，质诸商务北平分馆，承他们直言相告，当时通货膨胀，物价飞腾，印书纸亦属重要物资，其价格一日数涨。如果印成书籍，则书籍不能随纸张之价格而上涨，损失太大。他们劝我少安毋躁，等物价稳定之后再行付印。"

梁实秋所述，也就是龚业雅一九四七年六月就写好了《序》的初版《雅舍小品》何以没有在中国大陆地区印行的唯一原因。

一九四七年冬，梁实秋匆匆离开北平前往广州，不久又定居台湾时，他"行箧之中夹有《雅舍小品》二校校样"，正巧主持正中书局编审部的刘季洪向梁实秋约稿，这部收有三十四篇小品的"《雅舍小品》二校校样"就派上了大用场，作为原稿予以重排印行，印出来的书，就是一九四九年十一月问世的台北正中书局版《雅舍小品》。

从事过图书编校出版工作的人都知道，在二十世纪四十年代全是铅活字人工排印，稍有疏忽，就可能导致误植，称"手民之误"。而"二校校样"一般也是差错较多的，因为印刷厂毛校过后的"一校校样"错得更多，校对人员和作者看过之后用多种校对符号标出已发现的"手民之误"即排字工的误植，印刷厂再根据返回的校样通改排错之处，第三校一般说来就基本消灭了误植。

被梁实秋从北平带到台北的《雅舍小品》"二校校样"成了该书稿的原稿予以重排印行，在内行而又认真的编辑出版人眼中简直难以想象！然而，这却是事实。就我细读过的两种台版《雅舍小品》，其中的误植都比较严重。尤其后一种，不仅前一种的不少旧误植没有订正，又出现了一些新的误植，曾写了详细勘订的长文章公开发表。

从梁文蔷《为〈雅舍小品〉做插图》一文得知又

有作者女儿加盟的新印本《雅舍小品》问世，心想总该诞生一个可信的"安全文本"了吧。但是等到细读了二〇一七年五月由春风文艺出版社印行的插图本《雅舍小品》，方知这个"最新版本"也还是旧的差错仍然大量存在、新的差错又在增加的"不安全"的读本，仅举一例。

《旅行》一文第三段末一句："我有一个朋友发明了一种服装，按着他的头躯四肢的尺寸做了一件天衣无缝的睡衣，人钻在睡衣里面，只留眼前两个窟窿，和外界完全隔绝，——只是那样子有些像ＫＫＫ，夜晚出来曾经几乎吓死一个人！"引文中的"ＫＫＫ"，被梁文蔷加盟的新印插图本《雅舍小品》误为"×××"。殊不知，"ＫＫＫ"是美国著名恐怖组织之一的名称："ＫＫＫ"是一个奉行白人至上、歧视有色族裔主义的民间排外组织，英文名为Ku Klux Klan，一般被译作三K党。三K党组织的成员"上班"时穿的"工作服"，就是梁实秋写的"睡衣"模样，弄成"×××"让人不知其意思了。

梁实秋《雅舍小品》实际字数只有四万多字，但要把这内容典雅、描述精致和字斟句酌的四万多字弄得完全没有差错，实在不容易。规范的编辑校对程序，首先要找到三十四篇文章的最初的发表件，如果可以找到手稿就更佳，严格依据最初发表件最好是手稿准确无误地录入，再细心校对。梁实秋的学识广博而且写作态度极其认真，他的笔下一般不会出现太扎眼的笔误，但排印件就免不了手民之误。我们期盼有让读者完全可以放心的"安全读本"无差错精校本《雅舍小品》出现，否则真是对不起梁实秋精心写作的精神。

流沙河题"戴望舒诗句"

终其一生都没有离开家乡四川或者成都的流沙河，自二十世纪五十年代中期起直到如今，多种媒体对他的文化头衔定位或曰"称呼"，可以发现有"中国当代著名学者""中国当代文化名人""四川著名文人"或"成都著名文人""中国当代著名诗人"等等，生命的最后十多年他又被认为是"古文字研究家"。但是，在流沙河本人，他还是乐意以"中国当代诗人"作为终生自我文化身份标识的。流沙河一九八二年二月七日写给英籍华裔女作家韩素音的一封书信中，恳切地表明了自己藏在他自己心底的文化最终理想："我如果能写出一首活到百年的新诗，死了都会笑醒。"私密文本的日记中，流沙河一九九七年十一月二十八日写道："今晨黎明枕上吟诵古人诗词，至《正气歌》不觉泪下。恐今生本质为诗人，虽然写诗不成功。"在二〇一六年十二月十三日所写《我为什么离开新诗》的短文中,他明确宣布他"二十世纪八十年代结束,良心有愧,逃离新诗"。

然而就在这篇《我为什么离开新诗》的短文中,流沙河列举了曾"多么激动"了他大半个世纪的六位中国现当代新诗人,六位诗人分别是徐志摩、戴望舒、闻一多、艾青、绿原和余光中,依史序戴望舒被排在第二位。其实,从一九四九年八月十八日在成都《建设日报》副刊《指向》以"流沙"笔名公开发表新诗《渡》以来,一直到去世的二〇一九年十一月二十三日,自献身文化事业以来整整七十年,流沙河全身心地沉浸在中国现当代的新诗海洋中。即便公开宣布"逃离新诗"后,流沙河仍不时还有随手即兴写出的完整新诗篇章被公开传布。更有不少中国经典新诗名句被他写成字幅供人欣赏、珍藏,夹放在《流沙河诗存》中的题笺"戴望舒诗句"就是其中之一。

由四川人民出版社二〇一九年五月印行的《流沙河诗存》,因为选编者和出版社的责编、责校人员都不是中国现当代文学这个专业领域的行家,所以不仅收入的文本体例有一些问题,如《唤儿起床》一诗有诗首小序,但其前一页的《贝壳》一诗字数更多的诗前序文又被删除却无任何说明,甚至连所附作者专门为此书毛笔书写题笺的文本也出了问题。

读者见到的印在纸笺上夹放在《流沙河诗存》中的题笺成品,出版社版面设计人员把流沙河手迹最末一行的"戴望舒诗句 流沙河书"连同笔名签名和钤印都往下挪动了位置,还在右下加补美术字书名,再配上金色块状和艺术曲线的装饰点缀,这件题笺成为一枚具有颇高收藏价值的小小印品。但很可惜,题笺上的"戴望舒诗句",是流沙河凭记忆随手写下的,《流沙河诗存》的选编者和出版社责编、责校人员又没有核实,在文本上造成了无法弥补的小小遗憾。

流沙河记忆中的三行"戴望舒诗句",被他写出来印成书笺的文字为:

> 一切美好的东西都永不消逝
> 它们冰一样地凝结
> 而有一天花一样地开放

这三行用作题笺的"戴望舒诗句"源自诗人写于一九四五年五月三十一日的《偶成》,该诗初刊该年八月三十一日出版的《香港艺文》,全诗照录如下:

> 如果生命的春天重到,
> 古旧的凝冰都哗哗地解冻,
> 那时我会再看见灿烂的微笑和明朗的呼唤……
> 这些逍遥的梦!

> 这些好东西都决不会消失,
> 因为一切好东西都永远存在,
> 它们只是像冰一样凝结,
> 而有一天会像花一样重开。

这首《偶成》再次发表于一九四六年一月八日《新生日报》时,第一节末两行调整为:

> 那时我会再看见灿烂的微笑,
> 再听见明朗的呼唤——这些逍遥的梦。

这两行诗的调整,显而易见的必改原因是语法上动宾搭配错误的订正,"微笑"可以"看见",但"呼唤"就无法同"微笑"共同使用同一个动词"看见"。句式上,调整后两节各四行的字数没有太大的差异了,全诗的结构显得更加均衡。

　　被流沙河凭印象随手默写的三行诗,传达出的"戴望舒诗句"之诗意没有太大的出入,基本属于原诗第二节四行表达的内容。几十年的默诵,流沙河记忆中的这三行还真是比原来的诗句更顺畅爽口、更抑扬顿挫。但是,作为文献意义上的"戴望舒诗句",却是另外的四行,我们还是要把这一点指出来。

代跋

予生也略晚,对龚君明德当年在出版界的一些轰动业绩只是隐隐约约有些耳闻,却未能及时加以凑近围观或追踪关注,加上性格喜静,不善交际,故直到去年秋天在杭州徐志摩纪念馆的一次小型研讨中才有缘结识。无论是会上发言还是会下闲谈,龚君都显得一派天真与率性,处处流露出一种与众不同的活力与魅力,因此也有了进一步的接触和交流。此后在该馆的活动中,也不时有龚君的消息,知道这位素有"文坛福尔摩斯"美名的学者仍然一如既往地关注着这家与蜀地相距甚远的民营纪念馆的学术活动,心里很是感念和钦佩这位相识不久的兄长辈学者的豪爽、热情与率真。

农历新年过后没几天,忽然收到龚君网上发来的新作《文事探旧》,并命我写篇短文附在其中。我当即如实表达自己的惶恐与不安,但龚君马上加以鼓励与坚持,打开书稿一看，又被它琳琅满目的话题所吸引，就麻起胆子答应尝试写点读后感以应命。虽然长期借着中国现当代文学谋生，其实属于龚君常常批评的学院派读书人，若有隔靴搔痒或信口开河之处，还请龚君多多海涵。

在眼前这本新著里，龚君坚持着他数十年来一贯偏爱的学术关注和喜好：从书信、日记、版本校勘、私人闲章、旧时刊物及作家其他生平细节诸角度入手，切入中国现当代文学史话题。这让长期面对各式高头讲章的我辈大学校园栖身者顿感眼前一亮，精神为之一振。全书近七十文，从《为姐夫徐志摩办签证》始，至《流沙河写〈云淡天高〉》终，很快拜读一过。老实说，其中的绝大多数属于从本书中第一次得知，或者说，其中的绝大多数事件或细节，被我的日常阅读习惯所忽视或遮蔽。静心一想，不免悚然而惊。

此前为何会忽略这些细节呢？其实龚君在此书和另一些同类著作中都经常提到过当今流行的职业化或功利化读书现象。"浅读"现象无处不在，各种冠冕堂皇的学术著作和出版物中，粗制滥造、似是而非现象也几乎是无处不在。读书人、教书人、舞文弄墨之辈何以变得如此心粗气浮呢？不由得联想到鲁迅早在二十世纪三十年代就在一篇收入《而已集》题为《读书杂谈》的演讲中谈到过的这两类读书人之间的区别：

> 所谓职业的读书者，譬如学生因为升学，教员因为要讲功课，不翻翻书，就有些危险的就是。……
>
> 现在再讲嗜好的读书罢。那是出于自愿，全不勉强，离开了利害关系的。——我想，嗜好的读书，该如爱打牌的一样，天天打，夜夜打，连续的去打，有时被公安局捉去了，放出来之后还是打。诸君要知道真打牌的人的目的并不在赢钱，而在有趣。牌有怎样的有趣呢，我是外行，不大明白。但听得爱赌的人说，它妙在一张一张的摸起来，永远变化无穷。我想，凡嗜好的读书，能够手不释卷的原因也就是这样。他在每一叶每一叶里，都得着深厚的趣味。自然，也可以扩大精神、增加智识的，但这些倒都不计及，一计及，便等于意在赢钱的博徒了，这在博徒之中，也算是下品。

毫无疑问，龚君就是这样一个嗜书如命的资深"博徒"，在此业中已沉溺数十年之久，并且乐而忘返，陶然忘忧。正因此，他才会在不经意间，于职业读书人的

"无疑处起疑"，因为栖身大学校园及研究院的功利化读书人受着职业的种种规约，习惯性关注的往往是另一些所谓更"宏大"的问题。概言之，龚君在进入大学校园之前长期在出版界供职，养成了一副锐利的职业化眼光和属于自己的搜寻民国时代旧书刊的爱好，于是恰恰于功利化读书人的"选择性遗忘"中打开他的兴趣之门和关注之点，习惯于瞄准中国现当代作家作品及相关研究著作中的一系列"细枝末节"问题，撬开这个学科的一道道沉重阀门，给这个学科的深化、细化和拓展提供各种以小搏大、点中要穴的基石和材料。

此书延续着龚君一如既往的关注视角和切入点，譬如从徐志摩给小舅子的通信中考订诗人当年准备回国时委托办理护照的细节，订正已有传记中关于诗人护送前夫人张幼仪到德国留学的不实记载；辨析巴金《家》中"承重孙"中的"重"字究竟念何音，作家在初刊和初版本中的补充性交代，以及删除后在一般著述中造成的误读；从北京泰和嘉成拍卖公司的一份拍卖表格中，发现一九四七年五月十八日哪些在沪作家从"文协会所"领取了滋补品"维他命丸"和"鱼肝油与豆粉"，或者签名，或者盖章，或者通过朋友签名代领；从一九五八年的常见报刊《光明日报》《人民日报》《文艺报》

中，挖掘出那个特殊时期的一些著名作家们，如何纷纷倡议"减低稿费报酬"，响应"大跃进"号召，表示"我们向工农学习要红旗，不要钞票"，建议报刊杂志把目前过高的稿费报酬减去一半，"到了条件成熟时，可以根本取消稿费制度"；北京海豚出版社印行的三卷小开本《子恺书信》下卷中，收入了丰子恺致老同学郑晓沧的三封书信，因原信只署月日，没有具体年份，故对其中一封只是模糊地框测为写于"文革中"的，龚君则根据同一时期丰子恺致亲属致文友的相关书信，考证确认为写于"一九七二年"……

如此等等，话题纷陈，琳琅满目，且读来趣味盎然，绝不像某些高头讲章那样枯燥乏味、难以卒读。

不打自招，我只能把自己归诸鲁迅所说的那种"职业化的读书者"。日常阅读中，无暇深入到这些细节层面。而在当今大学体制下，忽略这些细节，似乎也无碍于讲台上的谋生。因为到目前为止，已出版了太多太多的"中国现代文学史"和"中国当代文学史"教科书，师生人手一册。一本教科书只需对那个时段的众多作家作品进行"排排坐，吃果果"，宛如给众多梁山泊好汉排座次，故绝大多数都只能停留在点点名、举其大要的层面，哪里顾得上探幽索微，深入这些作家作品的诸多细节问题呢？不管不顾这些细节，也完全"无碍于"教师的所谓教以及学生的所谓学。龚君在出版部门长期服务后也曾短暂落草高等院校，对此想必也已有所体察。

再从当今科研体制所培养和训练的治学习惯角度说，亦不鼓励盯住这类细节或史料问题大做文章。无论是本科、硕士还是博士学位论文，绝大多数也都是学生根据自己的阅读兴趣，对通行的文学文本及相关背景材料做出一点心以为然的解说和阐释，只要自圆其说、言之成理，对自己所依据的文学理论有所领会和交代，也都是可以"过关"的论文，写作者借此可以获得相应的各级文凭和学历，由此谋得相应的饭碗，——至于龚君所特别关注的文本本身从初刊、到出版、到再版以及在各种版本中经历了怎样的修订修改还有其他诸多作家生平细节问题，这个专业的大多数求学者都是无所用心的，或者说对于已经公开发行的各式公开出版物都是"信心满满"、不加（或是很少）质疑的。到了稍高求学阶段，也会逐渐发现这方面的问题，提醒自己在阅读和研究中多加警惕，但直接将文学版本的考订、比对、校勘、汇校，将对中国现当代作家生平细节的挖掘、对中国现当代各式书刊杂志的出版、传播、沿革情形作为自己的专业或志业的，确实相对比较少，更何况数十年坚持不懈、"沉溺"其间、乐而忘忧且卓然有成？没有点鲁迅所说的上等"博徒"的精神，是难以进入此境的。

正因此，龚君的选择和坚守才显得特别可敬与可贵。他对中国现当代文学研究的独特切入视角和独特贡献，也已获得越来越多同行的公认。"中国现当代文学研究界的福尔摩斯"，这美誉可不是凭空得来的。

龚君在这本《文事探旧》之前，已出版过《新文学散札》《昨日书香——新文学考据与版本叙说》《文事谈旧》《有些事，要弄清楚》《旧日文事》《旧日笺 民国文人书信考》《新文学旧事》和《旧时文事》等大著，可见其读写的勤勉、用心和专注。在拜读和浏览的过程中，也会感受到作者偶或流露的寂寞甚至难以抑制的某种不平。这既来自对中国现当代文学这一学科整体研究现状的不满，也来自对这一行业中人的一些接触、交往与观察。他对当今诸多出版物、流行的著述风气及相应的课题申报制度等，都有不少率真的批评，所指斥和针砭的学风粗疏、史实谬误、放言空论、好大喜功、徒托虚名……等等，无一不环绕在我们身边，而且继续潜滋暗长，蓬蓬勃勃，简直看不到收敛和消停的迹象。只要高等院校和科研机构仍然高举着"科研量化考核"的大棒，只要相应的职称评审制度继续存在一天，龚君所不解、不满甚至不屑的功利化读书和著述方式，就将热热闹闹地延续着、生长着。事关噉饭之道，书生清议又能奈何？"著书皆为稻粱谋"，古已有之，于今为烈。对此，只能模仿龚君的口气，说一声"叹叹"。

古人论学问或文章之道，往往"义理、考据、辞章"并重，强调的是"义理为干，而后文有所附，考据有所归"。五四新文学领袖之一的胡适也特别重视考据，强调"有一分证据，说一分话"。本来，文学研究的天地足够宽广，对于中国现当代文学，可以从史学、史料角度切入，也可以从美学、心理学、思想史、伦理学甚至政治学、社会学等等视角进行开掘和阐释，正可谓八仙过海各显其能。只是进入当代中国以后，基于某些特殊的舆论环境，"主题先行"和"以论代史"等现象，渐成一时风气。改革开放以来迎来新一轮思想解放热潮，旧的积弊受到不小冲击，而源自西方的各种新思想新理论新方法又以铺天盖地之势蜂拥而来，兼之国门封闭甚久，甫经打开，让久处一隅的国内读书人眼花缭乱、目不暇接，且不由自主地随风而动。二十世纪八十年代中期的某年，甚至一度被命名为"方法论年"。到了二十世纪九十年代，这一势头稍减，故有"思想淡出,学术凸显"之概括,但对于全球视野中各种新思想新理论的引进译介,其实也并没有消歇。具体到中国现当代文学研究领域,随着眼界和视野的不断拓展,附着在这一学科上的种种僵化教条也不断受到校正和扬弃,学人们自觉置身于数千年的中国文学史背景,以及更为广阔的世界文学史背景,对于仅有百来年发展历史的诸多中国现当代作家与作品及相关文学现象,在评价与论说的标准和视角上,也确实发生着或大或小的修正与变迁。说穿了,就是其中相当一部分作家作品,放在世界文学经典面前,其创造性、吸引力或魅力,都不免受到很大的冲击。

在此情形下,龚君数十年孜孜矻矻的钻研与笔耕就显得特别难能可贵,也难免偶然遭遇周围人的不解,或偶有知音难觅的寂寞之感。但正如龚君所言,"做自己能做的,喜欢做的事",书在一本本地出版,读者相信也在一天天增多,岂不就是一种最好的选择?学术的道路千万条,自己乐于投身其中且最适合自己的只有一条。面对世间的种种喧嚣,在自己的"五场绝缘斋"里坐拥民国以来的各式书刊,不断发现各种自己感兴趣的话题,也不断在各式旧书市场中寻寻觅觅,不时获得突遇宝物般的喜悦,且源源不断地通过文字将这些探宝的"窃喜"表达出来,供远远近近的同好们分享叹赏,不亦快哉!

对于龚君的这本新著,"浅读"之下,遵命说点感想,挂一漏万或胡言乱语,都在所难免。龚君弃之,毫不可惜,赐附骥尾,幸如何之!

范家进
二〇二二年三月上旬,于杭州
时俄乌战事正酣

家进兄为与本书差不多前后面世的拙著《文事探旧》赐写的"跋",是一篇很有见地的批评文字,我决定转用于此书。本来,《文事叙旧》就是《文事探旧》和《旧时文事》等拙著的姊妹篇。这类文章还有不少,也将陆续结集出版。这里,再次谢谢谢泳兄和家进兄!

龚明德
二〇二二年三月十三日,于成都